AF139654

S.A.M. Wolf

Das Herz
Substantiv, Neutrum
[hɛʁʦ]

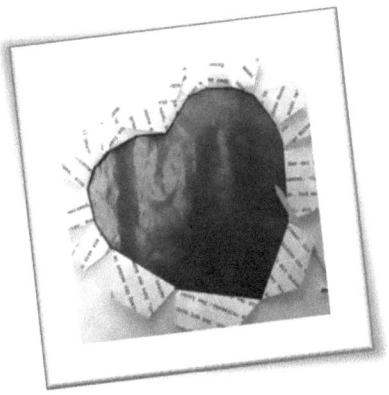

… und 18 weitere kurze Geschichten um Leben und Tod

Bibliografische Information der Deutschen Nationalbibliothek:
Die Deutsche Nationalbibliothek verzeichnet diese Publikation in der Deutschen
Nationalbibliografie; detaillierte bibliografische Daten sind im Internet über
www.dnb.de abrufbar.

Herstellung und Verlag:
BoD – Books on Demand, Norderstedt

ISBN: 978-3-7386-0101-5

Danke Berndt Schulz

Inhalt

I Das Leben

II Die Zwischenwelt

III Der Tod

Das Leben

Substantiv, Neutrum

['leːbn]

"Es ist leicht, das Leben aufzuzeichnen,
aber erschreckend zu leben ..."

E. M. Forster[1]

Der Hinweis

Ich bin Susanne Lederer, zweiunddreißig Jahre alt und habe in meinem ganzen Leben noch nie jemanden getötet.

Obwohl mir des Öfteren danach war.

Ich habe sogar Vater und Mutter geehrt. Und beides war ebenfalls kein leichtes Unterfangen. Ich habe alle Bildungswege bis zum Schluss durchgezogen und falle nur, wenn überhaupt, durch meine guten Manieren auf.

Ich bin das, was man gemeinhin einen angenehmen Umgang nennt.

Doch alles, was leicht aussieht, ist bekanntlich schwere Arbeit. Ich folgte dem Versprechen:

Wenn du artig bist, dann wirst du auch belohnt.

Also kam ich von klein auf jedem Hinweis nach, den man mir großzügig schenkte. Von ‚wasch dir die Hände vor dem Essen‘ bis zu ‚für Leggings bist du einfach zu dick‘.

Ich sah sogar irgendwann ein, dass ich für alle Zeit zu blass sein werde, um gesund zu wirken und zu leise, um im Kirchenchor den Solopart anzustimmen.

Ich bewegte mich, seit ich denken kann, in den mir vorgegebenen Grenzen und überschritt sie kein einziges Mal. Und obwohl ich jeden Tag aufs Neue, alles, das man mir bisher geraten hat, sehr ernst nahm, fand ich nicht mein Glück.

Es war an einem Mittwoch, morgens um halb acht.

Ich befragte das Zeitungshoroskop, weil das meine Handicaps wenigstens positiv formulierte, und zappte mich anschließend zu einer Dauer-Astro-Sendung eines Spartenkanals. Schließlich zog ich noch eine Karte aus meinem Engeltarot. Und doch war ich an diesem Tag mit keinem der mir entgegengebrachten Hinweise wirklich zufrieden.

Sie waren nicht eindeutig.

Weder wurde mir von etwas abgeraten, noch las oder hörte ich etwas, das ich für mein Glück hätte tun können.

An diesem Tag sah ich es für immer in unerreichbaren Gefilden versinken.

Natürlich versteht jeder unter Glück etwas anderes. Doch wenn man jeden Zweiten befragt und die schalen, halbherzig vorgebrachten sozialen Aspekte beiseitelässt, bleiben drei Dinge, die so gut wie jeder als Erfüllung seines Wünschens und Strebens erachtet.

Als Erstes möchte man geschätzt werden.

Von seiner Umwelt – alle Lebensformen eingeschlossen – ausgedrückt durch Neid.

An zweiter Stelle rangiert zumeist das liebe Geld.

Man möchte ausgesorgt haben. Und wenn es noch ein bisserl mehr wird, ist es auch nicht schade drum.

Drittens und sicher nicht als Letztes: die Zweisamkeit. Meistens romantisch verklärt und überbewertet und doch für wahres Glück unabdingbar.

Die Gesundheit, meines Erachtens ein nicht zu vernachlässigender Punkt, fällt meistens hinten runter.

Ich selbst sah meine Erfüllung in der Zweisamkeit.

Ich hatte zwar keine Neider, aber dafür genügend Anerkennung für mein unauffälliges Benehmen. Vom ‚Ausgesorgthaben‘ war ich weit entfernt. Aber zumindest war das ‚H‘ auf meinem Konto kontinuierlich sichtbar. Nur das geteilte Glück war mir einfach nicht vergönnt. Trotz konsequentem Befolgen aller gut gemeinter Fingerzeige.

An diesem besagten Mittwoch stand ich am Rand der Klippe des unabwendbaren Leids.

Und sah mich für morgen schon einen Schritt weiter.

Ich ging zu meinem Wandkalender und wollte dieses Versagen meinerseits farblich auf dem Quadrat des nächsten Tages markieren. Denn Ordnung ist neben Fleiß, Aufmerksamkeit und Betragen eins der Dinge, das ich schon mit der Mutter-milch aufgesogen habe.

Da blieb mein Blick auf dem kursiv gedruckten Zitat ober-halb des Kalendariums hängen. Ich las, bevor ich markierte. Und erhielt den entscheidenden Hinweis:

Ja, renn nur nach dem Glück
Doch renne nicht zu sehr!
Denn alle rennen nach dem Glück
Das Glück rennt hinterher.[2]

Sofort war ich bereit, der Weisheit des deutschen Dramati-kers zu folgen. Leider ist er schon tot, sonst hätte ich ihm einen Brief geschrieben, mich für die Inspiration bedankt und um einen weiteren Tipp gebeten.

So trank ich meinen Kaffee und ging zur nächsten Bushal-testelle.

Wie jeden Morgen um halb neun setzte ich mich auf die ab-gewetzte Bank innerhalb des Glasverschlags. Doch dieses Mal stieg ich nicht in den Bus. Ich beschloss, sitzen zu bleiben und einfach auf das Glück zu warten.

Die Erste, die von meinem Ansinnen Kenntnis nahm, war eine Dame mittleren Alters mit hochtoupierter Dauerwelle und Dreitagebart. Zumindest war der weibliche Flaum an ihrem Kinn sehr ausgeprägt. Genau wie die Knötchen an ihrem rosa Strickpullover. Ihre Jeans zeigte Knöchel und dadurch auch die weißen Socken in den schwarzen Segelslip-pern.

Sie fingerte eine Zigarettenschachtel aus ihrer Umhängeta-sche und steckte die Kippe zwischen ihre rot getünchten Lip-pen. Erst als Rauch aufstieg und sie mit Erleichterung und Inbrunst eine graue Wolke hinterher stieß, schenkte sie mir ihre Aufmerksamkeit.

„Wann fährt´en der Nächste?", stellte sie ihre Frage an mich gewandt.

Ich wunderte mich nur ein bisschen, denn schließlich hing der Fahrplan mehr auf ihrer Seite.

„Ich denke in zehn Minuten", entgegnete ich.

„Was, das wissen sie nicht genau?"

„Ich bin mir fast sicher. Aber besser, sie studieren noch einmal den Plan."

„Selbst nix wissen und dann noch gute Ratschläge verteilen? Hab schon genug studiert in meinem Leben. Seh ich aus, als wüsst ich nix? So´ne Unverschämtheit! Kein Anstand mehr heutzutage. Nix mehr mit Höflichkeit. Nur noch beschissene Kommentare."

In diesem Moment kam der Bus. Sie trat ihre Kippe aus und stieg in Linie Nummer Acht.

Ich blieb sitzen und vermerkte in meinem Hinterkopf, erst selbst zu studieren und dann die erbetene Antwort zu geben.

Es dauerte nur wenige Minuten und ich bekam eine neue Gelegenheit. Diesmal war es ein Mann, der sich zu mir unter die Überdachung drängte. Er hatte die Lebensmitte sichtlich überschritten und schien geübt im Gebrauch von unterstützenden Mitteln. So drohte er mit der Eleganz eines Dirigenten, als er seinen schwarzen Gehstock erhob und ihn durch die Gruppe Schüler schwang, die sich aus dem letzten Bus ergossen hatte.

Er scherte bei mir ein, rückte die dicken Brillengläser gerade und drehte am Rädchen hinter seinem Ohr. Er fühlte sich offensichtlich nicht genötigt, das blaue Hörgerät mit seinem grauen Haar zu bedecken. Stattdessen sondierte er die Lage, spuckte zur Seite und fuhr wieder den schwarzen Gehstock aus.

Diesmal zielte er auf mich. Ich besah mir die Spitze, folgte dem glänzenden Holz, bis hin zu seiner Hand. Faltig, wulstige Adern, dunkle Flecke. Als ich nicht verstand, deutete er mit Nachdruck auf mich und schlug dann den Stock auf die Bank.

„Der nächste Bus kommt in sechs Minuten", sagte ich und setzte um, was ich eben erst gelernt hatte. „Und zwar, die Nummer Neun. Richtung Stadtmitte."

„Das ist mein Platz", sagte der Alte und schlug mir den Stock ans Knie.

Ich versuchte, mit Tränen in den Augen, den Schmerz einfach zu verreiben.

„Sie sitzen auf meinem Platz", schrie er und schwang erneut den Stock.

Ich griff ihn in der Luft und zog die Spitze des Stocks nach unten. Darauf bedacht, dass der Alte nicht sein Gleichgewicht verlor.

„Angriff!", brüllte er. „Machen sie das noch einmal und ich setze mich zur Wehr!"

„Auf dieser Bank ist Platz für drei", sagte ich.

„Kein Respekt mehr vor dem Alter! Glauben sie, ich kann mich nicht mehr wehren?"

„Bitte setzen sie sich! Der nächste Bus kommt in fünf Minuten."

„Ich schlag sie windelweich! Polizei! Diese Frau misshandelt mich!"

„Hans", sagte eine Frau hinter ihm, „bist du das?"

Hans fuhr herum.

Eine adrette alte Dame, auf ihren Rollator gestützt, lächelte zu uns herüber. Ganz Gentlemen eilte er leichtfüßig zu ihr hin. Ihr schenkte er einen Handkuss und mir noch einen bösen Blick. Dann war ich genauso schnell vergessen wie der nächste Bus.

Ich sah ihnen nach. Gemeinsam gingen sie die Straße hinunter. Und mir wurde schmerzhaft bewusst, wie weit entfernt das Glück von meiner Seite war.

Ich saß den ganzen Tag auf dieser Bank, ohne mich zu rühren. Ich visierte das Glück wie der Jäger auf seinem Hochsitz das Wild. Aber es kam mir einfach nicht vor die Flinte.

Es war bereits dunkel, der Fahrplan für diesen Tag abgearbeitet und die Straßenlaternen ausgegangen, als ein Polizeiwagen meinen Aussichtspunkt streifte.

Der Wagen hielt. Das Beifahrerfenster wurde heruntergekurbelt.

„Was tun sie da?", fragte mich der Polizist.

„Ich warte", entgegnete ich.

„Heute fährt kein Stadtbus mehr. Und die Fernbusse sind von hier nicht zu erreichen."

„Ich warte trotzdem weiter."

Die Wagentür ging auf. Ich sah den schwarzen Knüppel und hörte soviel wie: ... *dann muss ich ihren Ausweis sehen.*

Ich fackelte nicht lange.

„Der nächste Bus kommt in vier Stunden und dreiundzwanzig Minuten", sagte ich. „Es ist die Nummer Acht. Richtung Hauptbahnhof. Diese Bank hier", und ich klopfte auf das abgewetzte Holz, „ist ausgerichtet für drei Personen. Drei Menschen haben also darauf Platz, die hier auf die nächste Linie warten möchten. Ich dachte, das wäre der Sinn dieses Unterstandes. Wo steht geschrieben, das Ganze sei zeitlich begrenzt?"

Meine Argumentation schien ihm einzuleuchten, denn er stieg wieder in den Wagen. Vielleicht half aber auch der Hinweis seines Kollegen. Denn dessen Ausruf *„Schichtende!"* hatte bestimmt eine unterstützende Funktion.

Die nächsten viereinhalb Stunden gingen zügig vorüber. So intensiv war ich mit dem Warten auf mein Glück beschäftigt. Busse hielten und fuhren an, manche auch bereit, die Türen länger aufzuhalten. Höchstwahrscheinlich dachten sie, ich bräuchte Anlauf, um endlich einzusteigen. Doch ich schüttelte wieder und wieder den Kopf. Bis sich die Fahrer wiederholten und dazu übergingen, mir mit den unterschiedlichsten Handzeichen Hinweise zu geben.

Die meisten galten wohl eher meinem Geisteszustand als der Richtung meines Glücks.

Doch ich ließ mich nicht beirren. Und es vergingen gerade mal zwei Tage, da fingen die Ersten an, mich höflich zu begrüßen. Einer stieg sogar aus und gab mir einen Becher Kaffee aus seiner Thermoskanne.

Kuchen gäbe es morgen, sagte er, wenn er die Geburtstagsfeier vom Jüngsten überstanden hätte, aber erst nach der Morgenschicht. Ich bedankte mich in aller Form und merkte, wie sehr mir Kaffee gefehlt hatte. Fast spürte ich so etwas wie Glück. Aber sicher war es nur ein momentanes Glücksgefühl und keine anhaltende Glückseligkeit.

Es war am dritten Tag, um sechs Uhr dreißig.

Der Mann stieg aus dem Bus der Linie Sieben. Er nickte höflich und setzte sich zu mir auf die Bank. Ich betrachtete ihn von der Seite, tippte auf vierzig, geschieden und Hundehalter. Was mich nicht weiter verwirrte. Mit dem stoppeligen, dunklen Bart und den verschmitzten Fältchen um die Augen sah es schon ganz anders aus.

Ich vermutete, er spürte meinen Blick.

„Wissen sie", sagte er, „mir hat die Nummer nicht gefallen."

„Die des Busses?", fragte ich.

„Genau. Es war einfach nicht die Richtige für mich. Und jetzt warte ich auf eine andere."

Seine Worte hatten mich beeindruckt und ich versank in ehrfürchtigem Schweigen.

Als die nächste Linie kam, sah ich wieder zu ihm rüber.

„Nein", sagte er auf meine stumme Frage hin, „das ist noch nicht die Richtige. Da bin ich konsequent."

Auch die nächsten beiden schafften es nicht, sein Wohlwollen zu erlangen. Und mein Respekt wuchs mit jeder Stunde.

Doch als der Morgen hinter uns lag und der Mittag schon nahte, sah ich mich gezwungen, ihm einen Hinweis zu geben. Ich sagte ihm, mehr Linien gäbe es auf dieser Strecke nicht und ich wäre mir wirklich sicher, denn ich würde sie ziemlich gut kennen.

Doch er blieb sitzen. Direkt neben mir.

Er warte weiter, sagte er, denn Warten hätte noch niemandem geschadet. Und schließlich wisse man nie.

Ich nickte beeindruckt.

Kurz darauf kam der nette Fahrer vom Vortag mit dem versprochenen Kuchen vorbei.

„Als hätt' ich's geahnt", sagte er. „Da ham'se endlich Gesellschaft gefunden." und drückte mir zwei Stück Kuchen in die Hand. Den Kaffee hätte er aber schon ausgetrunken und er müsse sowieso gleich wieder los.

Er winkte noch mal und ließ uns sitzen. Mich mit zwei Stück Streuselkuchen auf der Hand.

„Der sieht ziemlich trocken aus", sagte mein Banknachbar.

„So mag ich ihn eigentlich am liebsten", entgegnete ich.

„Nur das schwarze Heißgetränk", sagte er, „das fehlt."

„Das sehe ich ganz genauso", erwiderte ich und musste ob der Gemeinsamkeit lächeln.

„Ich kenne ein Café", sagte mein Mitwartender, „dort bereiten sie den besten Excelsa-Kaffee. Direkt vom Tschadsee, Westafrika, vom Südrand der Sahara. Extra halbtrockene Aufbereitung, doppelte Röstung, französisch eben."

„Unglaublich!", stieß ich hervor und blickte ihm tief in die Augen. „So etwas ist äußerst selten!"

Als der nächste Bus kam, waren wir uns einig.

Wir stiegen mitsamt dem Kuchen ein und fuhren zum Café.

Die Nummer des Busses war uns egal.

Und am Ende sogar das doppelt geröstete Heißgetränk vom westafrikanischen See.

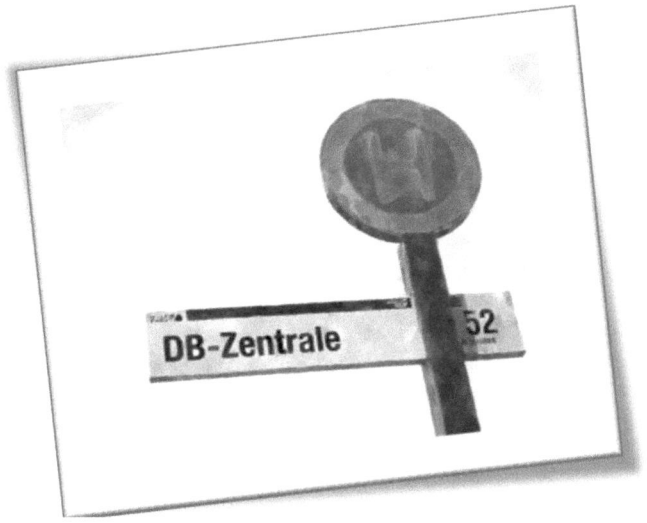

Das Ästchen

Willy Linnenberg war ein ahnungsloser Mann.

Er hatte keine Ahnung, woher er kam, wohin er wollte oder wozu er jeden Tag aufs Neue die wohlige Wärme seines Bettes verließ.

Wenn ihm morgens der blau behütete Schaffner die Türen öffnete und ihm ein ,*Wie geht's?*' zurief, dann antwortete er stets: „Schauen wir mal."

Und wenn er eine Stunde später an seinem Schreibtisch saß und sein dickbäuchiger Chef mit wulstigen Lippen zu Willy hinspuckte, er solle ihm endlich mitteilen, wie es um den neuen Auftrag stünde, dann antwortete er wahrheitsgemäß: „Da bin ich gedanklich noch nicht."

„Warum nicht?", brüllte sein Chef.

„Das ist eine gute Frage", stellte Herr Linnenberg fest.

Und damit war die Ordnung wieder hergestellt.

Doch Willy Linnenberg war auch ein vorsichtiger Mann. Da er keine Ahnung hatte, hielt er sich lieber im Hintergrund und verachtete alles Laute und Große. Es verursachte ihm ein Unwohlsein, gegen das er kein Mittel fand.

So mied er die Stadt, den Zoo und asphaltierte, mehr als zweispurige Fahrbahnen. Und aus demselben Grund nahm er nicht den kürzesten Weg zum Bus. Dort lauerten zu viele Dinge, die ihm im Magen schmerzten: Baumaschinen, Wolkenkratzer, Marktschreier. Ein Kindergarten, ein Einkaufcenter und eine Frittenbude, deren rot gebräunter Patron nicht nur mit den fettigen Händen seine schwarzen Locken herumschwang, sondern auch mit den Fingern herumfuchtelte, bis jeder in seinem Umkreis einen fettigen Spritzer abbekam. Herr Linnenberg nahm den Weg darum herum.

Ein Quäntchen länger, ein wenig beschaulicher und viel stiller. Jeden Tag nahm er diesen Weg. Vom Bus zur Arbeit. Und von der Arbeit wieder zum Bus.

Seit wann, wusste er nicht.

Doch er kannte nur zu gut die erste Kurve um das bescheidene Wohngebiet, die zweite um ein idyllisches Kartoffelfeld und das letzte Stück durch einen malerischen Park.

Jeden Tag von vorn und wieder umgekehrt. Mal regnete es, mal schien die Sonne. Samstag und Sonntag hatte er frei.

Es war ein Freitag, auf dem Nachhauseweg, als er bei Regen die erste Kurve durchschritt und der Guss nachließ, nachdem er das Feld passiert hatte. Letztendlich verzog sich die dunkle Wolke und die Sonne blitzte hervor. Gerade als er den ersten Fuß in den Park setzte.

Ein Ästchen fiel im vor die Schuhe.

Ein mageres Ding mit drei welken Blättern daran.

Willy Linnenberg blieb stehen. Das Ganze schien ihm seltsam. Denn der Regen hatte den Wind mit fortgenommen. Die Bäume standen still und niemand war zu sehen. Selbst die Kläffer, die er nur in Kauf nahm, weil sie ihm weniger Beachtung schenkten als der fettleibige Brezelverkäufer an der vierspurigen Fahrbahn, hatten sich heute wohl ein anderes grünes Fleckchen für ihre dringenden Geschäfte gesucht.

Er war allein.

Nur der Zweig lag da. Und er wusste nicht warum.

„Tut mir leid", sagte ein dünnes Stimmchen von oben.

Willy Linnenberg schaute auf.

Zwischen den Baumkronen tanzte das Licht. Die goldenen Flecken irritierten seine Augen und er konnte nichts weiter erkennen als ein Gemisch aus Blattgrün und Himmelblau.

„Wirf ihn herauf!", sagte das Stimmchen.

Herr Linnenberg wusste nicht, wer da mit ihm sprach. Und auch nicht, was dieser von ihm wollte. Noch nie hatte er ein dünneres Stimmchen gehört. Weder Kind noch Frau, noch Mann.

„Wer spricht da?", fragte Herr Linnenberg in die Bäume hinauf.

„Was kümmert es dich?", fragte es zurück.

„Das weiß ich nicht."

„Du weißt nicht viel", bemerkte es und schwieg.

„Das ist neu für mich", sagte Herr Linnenberg mehr zu sich selbst.

Aber Antwort bekam er doch:

„Warum änderst du es dann nicht?"

„Ich habe keine Ahnung", gab Willy Linnenberg zu.

„Heb ihn auf und lern dazu!", rief das Stimmchen.

„Wen und was?", fragte Herr Linnenberg.

„Den Ast", antwortete das Stimmchen. „Und wirf ihn rauf!"

„Was soll ich dadurch lernen? Und wer will das überhaupt?"

„Was tut´s zur Sache?", antwortete das Stimmchen.

„Das weiß ich nicht", sagte Willy Linnenberg und fühlte sich mit einem Mal recht klein.

„Wie wär´s damit", sagte das Stimmchen, „du tust was Gutes."

„Darüber hab ich noch nicht nachgedacht", meinte Herr Linnenberg und nahm seinen grauen Hut vom Kopf. Gedankenverloren rieb er sich die Schläfen.

„Wann denkst du überhaupt?", fragte das Stimmchen.

„Gerade jetzt", antwortete Willy Linnenberg. „Doch fällt mir nichts weiter dazu ein."

„Was sagt dein Bauch?", fragte das Stimmchen.

„Dass er nicht weiß, nach welchem Essen ihm heut ist."

„Und dein Herz?"

„Was kann mir das bei dieser Sache helfen?"

Jetzt schwang Verzweiflung in seiner Stimme mit.

Am liebsten wollte er weitergehen.

Doch vor ihm lag noch immer vorwurfsvoll das Ästchen.

„Dass du was tust, der Sache wegen", kreuzte das Stimmchen seine Gedanken, „und dich nicht fragst, warum."

„Zeig dich", rief Willy Linnenberg in den Baum hinauf, „dann überleg ich´s mir!"

In die Blätter kam Bewegung. Eins rieb an das andere. Wie wenn ein Sommerlüftchen durch die Zweige fegt und dazu ein heftiges Geflatter.

Und zum Vorschein kam, durch verirrte Sonnenstrahlen, eine Taube.

„Du bist ein Vogel", sagte Herr Linnenberg enttäuscht.

„Und du recht schlecht gekleidet", entgegnete die Taube. „Dein Jackett ist grau wie deine Hose und beides abgewetzt. Genau wie deine Schuhe."

„Warum sagst du das?", fragte Herr Linnenberg. „Du bist auch nicht mehr als weiß!"

„Dann liegen wir gleich auf", antwortete die Taube, wölbte stolz die Brust nach vorn und reckte ihren Hals fordernd ihm entgegen.

Als Willy Linnenberg nichts weiter tat als dazustehen, spreizte sie die weißen Schwingen.

„Nun gut", sagte sie. „Das Ästchen fiel mir beim Bau des Nests herunter. Es ist das letzte, das mir fehlt, um es zu vollenden."

Doch Herr Linnenberg rührte sich noch immer nicht. Darum fügte sie hinzu: „Willst du mir nicht endlich den dürren Zweig nach oben werfen?"

„Ich frage mich immer noch warum", sagte Willy Linnenberg.

„Damit ich mein Nest vollenden kann", antwortete die Taube.

„Ich meine, warum du ihn dir nicht selber holst", entgegnete Herr Linnenberg. „Weiß ich, ob ich hoch genug werfen kann?"

Da plusterte sich die Taube auf und schüttelte heftig ihr Gefieder.

„Ich kann nicht weg. Wenn ich es tue, wird´s den andern allzu leicht. Hinter dir im Busch, da hockt ein dicker Junge mit einer Schleuder und scharfen Steinen. Gegenüber lauert die Katze, die nur darauf wartet, mit mir ihr Spielchen zu treiben. Und der Rivale kreist schon länger über meinem Baum. Bis ich auf dem Boden bin, verlier ich das Nest. Oder alles, das mir lieb und teuer ist."

Sprachlos starrte Willy Linnenberg nach oben. Dann sah er auf das Ästchen vor seinen Füßen und sprach:

„Ich weiß nicht, ob mich das interessieren soll."

„Das tut es doch schon", sprach die Taube.

Und der kleine Kopf auf dem kräftigen Rumpf bewegte sich heftig vor und zurück.

Willy Linnenberg sah sich um. Und tatsächlich entdeckte er hinter dem Busch eine pralle blaue Hose. Und nicht allzu weit entfernt schlich durch das Gras die dürre, alte Katze. Die Taube hatte recht.

„Und was nun?", fragte Herr Linnenberg.

„Entscheide dich!"

Noch immer kam kein Lüftchen. Der Junge rührte sich nicht und die Katze schlich geduckt. Nur der Rivale zog stetig seine Kreise über dem Baum der Taube.

Da fiel ein dicker Wassertropfen von oben aus dem Blätterwerk. Er fiel auf Willys Stirn, rollte über seine Nase und tropfte schließlich auf den grauen Schuh.

Willy Linnenberg sah vom Schuh aufs Ästchen und mit einem Mal rief er entzückt:

„Ich weiß etwas! Ich kann dir das Ästchen nach oben reichen. Und wenn ich mich auf die Zehenspitzen stelle, ist es für dich nur noch der halbe Weg. Und du musst den Boden nicht berühren!"

„Das glaubst du", sagte die Taube zweifelnd.

„Nein!", rief Herr Linnenberg und hängte Hut und Jacke an den Baum. „Ich weiß es!"

Und glücklich hob er das Ästchen auf.

Er stellte sich auf seine Zehenspitzen und reckte sich, soweit er konnte. Und die Taube flatterte ihm entgegen. Den

Kopf nach vorn, die Flügel gespreizt.

Gleich darauf kam die Katze beigesprungen. Doch die Vogelzehen hatten sich schon um das Holz geschlungen, und ehe der Junge seine Steine verschoss, flog das Ästchen mit der Taube nach oben. Und verschwand im dichten Blätterwerk.

Herr Willy Linnenberg starrte nach oben in den Baum und sah wieder nur die goldenen Flecken und das Gemisch aus Blattgrün und Himmelblau.

Sonst rührte sich nichts.

Genau wie der Junge, war auch die Katze verschwunden. Und über dem Baum kreiste nichts anderes als eine weiße Wolkenflocke.

Herr Linnenberg nahm die Jacke und den grauen Hut vom Baum, schüttelte den Kopf und ging seinen Weg.

Aber dann drehte er sich doch noch einmal um. Und sah auf

einem Ast die Taube sitzen. Im nächsten Moment stieß eine zweite hinzu. Etwas zierlicher, aber doch genauso weiß, schmiegte sich die zweite Taube an die erste. Beide nickten sie ihm zu.

Zum ersten Mal in seinem Leben genoss Herr Linnenberg den Weg nach Hause. Und sogar als ihn später die wohlige Wärme seines Bettes empfing, klopfte es noch immer aufgeregt in seiner Brust. Die metallenen Federn quietschen laut vor Freude.

Dann löschte Willy das Licht und schlief mit einem Lächeln ein.

Am nächsten Morgen wusste er, wohin er wollte.

Und ließ, noch immer lächelnd, seinen grauen Hut zurück.

Der Brief

Sie saß am Fenster und starrte auf das weiße Blatt Papier in ihrer Hand.

Der Marmor der Fensterbank war unangenehm kalt. Sie griff an die gusseisernen Rippen des Heizkörpers unter ihr. Er sprang nicht mehr an.

Draußen wärmten bereits die ersten Sonnenstrahlen, fielen auf die weißen Blüten des riesigen, uralten Mirabellenbaums.

Jedes Jahr war er der Erste, der dem Frühling den Weg bereitete.

Jetzt, mit dem Brief auf ihrem Schoß, schien seine Pracht nicht mehr ganz so weiß, die frischen Triebe ohne Saft, die Äste wie kraftlose Arme nach oben gestreckt.

Er wird der Erste sein, der wieder verblüht, dachte sie. Und wenn die anderen Bäume zu blühen beginnen, sieht es im Park aus, als ob der Rasen trotz Wärme von Schnee bedeckt ist. Voll mit abgestürzten, verwelkten Blütenblättern.

Sie fröstelte, schlang die Arme um sich selbst, sah wieder auf das weiße Papier des Briefes. Grau kam es ihr vor. Die schwarzen Worte nahmen überhand.

Sie widerstand dem Drang, ihn einfach zu zerreißen, stand auf und ging im Zimmer hin und her. Warum hatte er dieses Schwarz auf ein weißes Blatt Papier geschmiert?

Sie begann, mit ihren Schritten Kreise zu ziehen, immer größer, bis sie das Zimmer verlassen musste und die ganze Wohnung durchstreifte, abmaß, abschätzte, wie viel sie davon verloren hatte.

Sie hielt den Brief in ihrer Hand, hob den Blick, begann, seit Langem wieder ihr Zuhause zu sehen. So, wie es wirklich war. Ein Schauer, als sie begriff, dass fast alles seinen Reiz verloren hatte. Die Fotos an den Wänden ausgeblichen, die Farben des Teppichs verblasst, selbst die Kissenbezüge des Bettes wirkten, als wären sie gebleicht. Mit ihm war immer alles bunt, lebhaft, grell, als würde es niemals ein Ende haben.

Vor dem Haus knallte eine Autotür. Sie ging zum Fenster. Niemand war zu sehen.

Sie konnte den Anblick des grauen Asphalts nicht länger ertragen, trat zurück, schritt in das Wohnzimmer und blieb abrupt stehen.

Sie hielt sich an der gepolsterten Lehne des Sessels fest. Wie hatte sie das übersehen können? Die Möbel waren abgenutzt, die Polster rau, abgegriffen, hatten schon lange ausgedient.

Mit ihm nahm sie das alles nicht wahr, fühlte, berührte immer nur ihn.

Das Fenster im Zimmer war gekippt. Auch von hier konnte sie den Park gegenüber sehen. Tauben gurrten auf dem Dach und die Spatzen zeterten am Boden, als gäbe es nichts außer Leben, die Süße, die Weite, die Unendlichkeit.

Diese Fröhlichkeit mochte sie nicht länger ertragen.

Den Brief noch immer in ihrer Hand ging sie und schaltete das Radio ein. Sprang von Sender zu Sender, die Musik einerlei, wie ihr schien, mit einem Mal geschmacklos. Die Stimmen eintönig, die Töne fad, ihr eigenes Gefühl längst verloren.

Er ist es: unterhaltsam, seine Stimme abwechslungsreich.

Sie schaltete das Radio aus. Das dumpfe Knacken des Reglers schreckte sie auf. Mit dem Brief in der Hand flüchtete sie in die Küche. Fühlte die Ruhe, die Leere, die Abgeschiedenheit.

Hunger hatte sie. Sie riss den Kühlschrank auf. Er war fast leer.

Sie blickte auf den Fisch, das Brot, das dort eigentlich nicht hingehörte, die Flasche Wein. Vielleicht sollte sie einkaufen gehen, raus aus dieser Wohnung, die Sonne spüren.

Die Vorstellung war verlockend. Aber sie konnte sich nicht entscheiden, nicht mit diesem Brief in ihrer Hand. Allein der

Gedanke an Essen war schal, schmeckte ihr nicht, sie wusste nicht mehr, was ihren Hunger stillen konnte.

Er hatte bisher genügt, war selbst gesättigt, reichte aus.

Und er hatte ihr die Luft zum Atmen genommen. In diesem Raum war sie schon lange verbraucht. Die Wohnung schien ihr mit einem Mal zu eng. Selbst mit ihr allein darin.

Sein Duft wollte einfach nicht verfliegen …

Vor dem Fenster flattert ein Vogel auf.

Sie greift aus der Schublade ein Feuerzeug und stürmt zurück in das erste Zimmer.

Sie reißt das Fenster auf. Sonnenstrahlen treffen auf ihr Gesicht.

Sie sieht auf ihre Hand, hebt den Brief und liest:

„Ich liebe dich! Will für immer mit dir zusammen sein!"

Die Sonne auf ihrer Haut, Hitze steigt in ihr auf.

Das Feuer in ihrer Hand, der Brief entzündet sich.

Sie lässt das brennende Papier hinter sich auf den Teppich fallen, rennt zur Tür, die Stufen hinunter, raus auf den Asphalt. Ein ungezügelter Brand.

Immer weiter bis zum Park, zur Süße, zur Weite, zur Unendlichkeit …

Und der Mirabellenbaum wiegt sein strahlendes Weiß im Sonnenlicht.

Das Erbstück

Ich habe meine Arbeit getan. Ich gehe auf meine Veranda und setze mich auf die überdachte, gepolsterte Bank. Ich schaukle ein wenig und beobachte die anderen, wie sie sich geschäftig umhertreiben. Es ist heiß. Celeste kommt vorbei. Meine Enkelin stellt ihre Einkäufe ab und ich freue mich wie jeden Samstag auf ein paar Minuten mit ihr.

Sie schaut auf ihre Uhr.

„Wie geht es dir?", frage ich.

„Mir ist nicht langweilig, wenn du das meinst", sagt sie und setzt sich neben mich auf die Schaukel.

Unter dem Stoffdach ist es kaum kühler. Ich raffe mein Haar zu einem Knoten. Es ist schon lange grau und Celeste ist längst erwachsen. Doch sie gibt der Sache neuen Schwung. Die Scharniere knarzen.

„Was macht dein Mann?", frage ich und will nicht glauben, wie schnell sie gewachsen ist.

„Das Gleiche wie immer", antwortet Celeste.

Wir schaukeln ein wenig und trinken Limonade. Ich frage sie, ob wir etwas unternehmen wollen. Einen Spaziergang, ein Brettspiel, in der dunklen, weniger warmen Wohnung einen Film ansehen.

„Hab dich lieb", sagt Celeste und hakt ihren Arm unter meinen. „Aber ich habe doch keine Zeit."

Ich schenke ihr Limonade nach. Wir sitzen nebeneinander und schauen den anderen bei ihrem Treiben zu. Auf dem Asphalt vor meinem Garten brennt die Sonne.

„Soll ich uns etwas zu Essen machen?", frage ich.

„Das dauert zu lange", antwortet Celeste. „Ich bin in Eile."

„Ja", sage ich und schenke ihr erneut Limonade nach.

Sie hat sich in die Kissen der Sitzbank gedrückt und fächert sich mit ihren Händen Luft zu. Ihr Pferdeschwanz wippt. Der dunkle Pony klebt auf ihrer Stirn.

„Wann musst du zurück?", frage ich nach.

„Gleich", sagt Celeste. „Ich hab noch viel zu tun."

Wir schauen in den wolkenlosen Himmel. Ein Schauer Stechmücken schwebt vor uns in der Sonne und lässt den Regen vermissen.

„Ich würde dir gerne eine Geschichte erzählen", sage ich.

„Bin ich nicht schon zu alt, dass du mir Geschichten erzählst?"

„Wüsste nicht, wie ein Mensch jemals zu alt dafür sein könnte", entgegne ich und schwelge in der Erinnerung, wie viel Zeit wir beide dafür früher fanden.

Celeste wischt sich energisch den Pony aus der Stirn.

„Da komme ich mir ja vor, wie auf einem Kindergeburtstag."

„Die habe ich immer gerne gemocht", sage ich.

Celeste sieht mich mit ihren großen Augen nachdenklich an. Dann schweift ihr Blick ins Unendliche.

Und ich fange einfach an, zu erzählen:

„Es war einmal ein junger Mann, der bekam von seinem Vater eine alte Uhr geschenkt."

Celestes Blick kehrt zu mir zurück.

„Wird das jetzt so ein Märchen, in dem irgendein Tölpel was dazulernt und auch noch das Mädchen kriegt?"

„Das liegt an dir", sage ich.

Celeste verzieht ihren hübschen Mund zu einer Schnute.

Und ich erzähle meine Geschichte …

„Es war einmal ein junger Mann, der bekam von seinem Vater eine alte, goldene Taschenuhr geschenkt. Er legte sie in seine Nachttischschublade und dachte nicht mehr daran.

Kurz darauf starb der Vater und der Sohn erbte zur Uhr einen ganzen Laden. Voller Zeitanzeiger, Sonnenuhren,

32

Stoppuhren und anderer wundersamer Gerätschaften, um den Verlauf des Tages zu ermessen.

Vor seinem ersten Arbeitstag als Meister befürchtete der junge Mann allerdings, das Öffnen der Ladentür zu verschlafen. Also holte er abends die fein ziselierte Taschenuhr aus der Schublade und legte sie auf seinen Nachttisch.

Doch sie ließ sich nicht öffnen, noch gab sie irgendeinen Laut von sich. An Schlaf war eh nicht mehr zu denken, daher behielt er das runde Gold im Auge und stellte sich vor, wie er die kleine Uhr am Morgen reparieren, warten und pflegen würde.

Doch als es Zeit war aufzustehen, da öffnete sich – *schnapp* – der Deckel der Taschenuhr und – *ticktack* – gab sie ihm Laut zur richtigen Stunde.

Er eilte sich den Laden aufzuschließen, hatte kurz darauf sehr viel zu tun und vergaß die Uhr. Und die Arbeit wurde immer mehr, während sein Magen immer kleiner wurde und er den Mittag fast verpasste.

Doch – *schnapp* – klappte der Deckel der Taschenuhr auf und – *ticktack* – sagte sie ihm hohl pochend die zwölfte Stunde an.

Dankbar steckte er die kleine Uhr in seine Tasche und schloss den Laden ab.

Dann, beim Essen, sah er sich seinen Schatz genauer an. Und wunderte sich. Denn man konnte das goldene Ding nicht stellen. Auch zum Aufziehen befand sich nirgendwo ein Rädchen. Sie tickte einfach regelmäßig vor sich hin und hielt sonst ihre Klappe fest verschlossen.

Der junge Mann strich zärtlich über die kleine Uhr und steckte sie zurück in seine Tasche.

Den Nachmittag verbrachte er hinter seinem Werktisch und reparierte die Stücke seiner Kundschaft. Als um sechs – *schnapp* – der Deckel der Taschenuhr aufsprang und sie ihn – *ticktack* – in den Feierabend schickte.

So ging es von nun an jeden Tag aufs Gleiche – tagaus, tagein.

Und die goldene Uhr wurde zum geschätzten und geschützten Begleiter.

Denn bald darauf erkannte die Uhr auch all die anderen Anliegen ihres jungen Herrn. Nun schnappte sie auch morgens auf, kurz bevor die Post ankam; wenn er sich mittags zum Kaffee ein Stück Kuchen wünschte und wenn's am Abend Zeit war, die Blumen zu wässern.

Schnapp – es war Samstag – *ticktack* – Zeit für die Einkäufe. *Schnapp* – die Wäsche musste in den Trockner – *ticktack* – die Reinigung betreten, bloß nicht ohne Abholschein.

Schnapp – schon wieder Sonntag – *ticktack* – auf den Friedhof, eine Kerze musste auf das Grab der Eltern.

Und während des Tages – *schnapp* – öffnete sich die goldene Taschenuhr immer und immer wieder – *ticktack* – zu jedweder Begebenheit.

Das kalte Metall gab ihm seinen dumpfen Rhythmus vor. Und er empfand es als besonderes Geschenk. So rauschten die Stunden, die Tage, die Wochen dahin. Und er bemerkte es nicht.

Bis sich eines Tages bedächtig die Tür des Ladens öffnete und das Glöckchen darüber sachte läuten ließ.

Vor dem Ladentisch stand eine junge Frau, mit Rock und langem Haar hübsch anzusehen.

Der junge Mann erhob sich geschäftig und nahm ihr das Anliegen aus der Hand: eine zierliche silberne Armbanduhr. Er versprach, am nächsten Tag würde das Ührchen wieder unbeschwert vorwärtsgehen und die genaue Stunde messen.

Doch er hatte viel zu tun.

Und vergaß die kleine Uhr.

Am nächsten Tag schimpfte er laut mit sich selbst und entschuldigte sich vielmals bei der hübschen jungen Frau.

Sie versprach, es mache ihr nichts aus, am nächsten Tag wieder bei ihm vorbeizuschauen.

Er aber gab seiner goldenen Taschenuhr einen kleinen Schubs. Morgen Mittag um zwölf solle das silberne Stück der

Kundin fertig sein und machte sich wieder an die Arbeit.

Aber am nächsten Tag war die Reparatur abermals vergessen und der junge Mann raufte sich wütend die eigenen Haare.

Keine Ahnung, sagte er der jungen Frau, wo die Zeit geblieben ist.

Doch sie blieb geduldig, schenkte ihm ein Lächeln und freute sich abermals aufs Wiedersehen.

Noch in der Nacht beschwor er das goldene Rund, es solle ihn erinnern. An die hübsche Frau und ihre silberne Armbanduhr.

Aber auch den Tag darauf, zum dritten Mal, war die Arbeit nicht getan. Und die junge Frau stand wieder vor dem Ladentisch. Noch viel hübscher anzuschauen.

Es ist gar nicht meine Art, sagte er betrübt, doch die Zeit verging im Flug.

Und er traute sich kaum, ihr in die Augen zu sehen.

Doch ihr Lächeln machte sie nur umso schöner und sie sagte: Ich verzeihe ihnen gerne, wenn sie mit mir essen gehen.

Die Wangen des jungen Mannes färbten sich rot.

Da – *schnapp* – schlug die goldene Taschenuhr ihren Deckel auf und – *ticktack* – mahnte sie den Laden abzuschließen.

Morgen, sagte er eilig zu der jungen Frau, würde ich gerne mit ihnen zu Mittag essen. Wir treffen uns auf dem Marktplatz. In der Gaststätte ‚*Zum tanzenden Faun*‘.

Dann schloss er schnell hinter ihr den Laden ab.

Schnapp – er aß zu Abend – *ticktack* – und ging zu Bett.

Schnapp – er stand wieder auf – *ticktack* – öffnete den Laden – und …

Nichts. Kein hohles Ticken erinnerte ihn zur Mittagszeit.

Und er arbeitete besessen an seinem Tisch im Laden, das silberne Ührchen ganz hinten im Regal. Das Essen ging vergessen und damit auch die Frau.

Die Taschenuhr meldete sich erst wieder zur Schlafenszeit. Danach aber immer öfter. Es gab so viel anderes zu tun. Die Post, der Kaffee, die Blumen, die Einkäufe, die Wäsche, der

Trockner, die Reinigung. Und am Sonntag musste man wieder zum Friedhof gehen.

Von Tag zu Tag zehrte die Zeit an ihm.

Sie wurde immer weniger. Und er mit ihr.

Selbst sein Haar war dünn, fast grau. Und wie besessen arbeitete er weiter, nahm sich nicht mal mehr die Zeit, den Kunden in die Augen zu schauen.

Es sprach sich herum, wie fleißig, wenn auch ein wenig seltsam er war. So stieg der Berg der Arbeit weiter für ihn an. Nur die silberne Armbanduhr lag noch immer ganz hinten im Regal.

Drei Wochen später öffnete sich bedächtig die Tür des Ladens und ließ das Glöckchen darüber sachte läuten.

Müde saß der junge Mann an seinem Tisch, tief über die ungleich tickenden Uhren gebeugt, hob nicht mal mehr den Kopf.

Doch ein schwaches Räuspern drang ans matte Ohr.

Da sah er auf und vor dem Ladentisch stand sie.

Unbeholfen sprang er auf. Sein Stuhl fiel um. Und aus wässrigen Augen blickte er in das hübsche Gesicht der vergessenen jungen Frau.

Die Frau sagte nichts. Auch er sprach kein Wort.

Nur auf dem Werktisch tickte die goldene Taschenuhr ein wenig lauter vor sich hin.

Die Frau ging um den Ladentisch, schritt langsam auf ihn zu. Seine Wangen wurden rot.

Schnapp – die Uhr sprang auf – *ticktack* – lautstark mahnte sie die Mittagszeit.

Die hübsche Frau griff nach seinen Händen. Ein schwaches Lächeln erhellte sein Gesicht.

Schnapp - zum Kuchen rief die Uhr – *ticktack* – und zum Ladenschluss.

Sie kam ihm näher. Er sah auf ihre roten Lippen und ignorierte die goldene Taschenuhr.

Schnapp – die rutschte immer weiter vor – *ticktack* – nein, nein, zum Friedhof musste er – *schnapp* – zum Schlaf, zur Wäscherei – *ticktack* – und vieles, vieles mehr.

„Erinnere dich", sagte die junge Frau über das Ticken hinweg. „Gibt es nichts neben der knappen Zeit, das dich einfach leben lässt?"

Und mit einem hohlen Scheppern viel die Uhr vom Tisch zu Boden.

Er merkte es nicht, sah nur noch die strahlenden Augen der hübschen jungen Frau.

Er beugte sich vor und ihre Lippen kamen näher.

Ein hohl klingendes Klagen drang zu ihnen vom Boden herauf.

Verzückt reckte sie sich auf die Zehenspitzen.

Da schnappte die goldene Taschenuhr verzweifelt nach den Füßen.

Doch etwas Größeres nahm sich Raum und Zeit – und ein spitzer Absatz traf den goldenen Deckel.

Das Ticken starb.

Und mit ihm trafen sich die Lippen. Für einen Kuss der Ewigkeit."

Um uns ist es grau geworden. Die Dämmerung senkt sich auf die Veranda und der Abend frischt auf. Celestes belegte Stimme dringt zu mir durch die Dunkelheit:

„Du sagst mir jetzt aber nicht, sie lebten glücklich und zufrieden bis an ihr Lebensende, oder?"

Ich beuge mich vor und zünde die dicke Kerze vor uns auf dem Holztisch an. Die weiße Katze springt mir auf den Schoß und rollt sich zu einem pelzigen Knäuel zusammen.

„Tue ich nicht", sage ich und streichle dem Tier langsam und zärtlich über den Rücken.

Celeste drückt sich aus den Kissen der Schaukel. Sie stützt die Arme auf ihre Knie und schiebt ihr Gesicht ins sanfte Licht der Kerze.

„Großmutter, woher stammt die zerbeulte Taschenuhr, drinnen auf deiner Kommode?"

Ich lächle nur und schenke ihr wieder Limonade ein.

Der Brunnen[3]

Er saß dort schon seit Stunden. Die Sonne war längst aufgegangen. Ihre goldene Kugel glänzte am Himmel; und ihre Strahlen taten seinen Augen weh.

Aber er rührte sich nicht.

Sie saßen ihm gegenüber und starrten ihn an. Wie jeden Tag um diese Zeit. Jedes Mal ein wenig länger. Aber er rührte sich nicht.

Rau waren die Steine unter ihm. Die weiß getünchte Kuppel über ihm. Er schloss die Augen und dachte. An nichts.

Und er rührte sich nicht.

Da kam ein laues Lüftchen auf und ihre Stimmen wehten zu ihm herüber:

„Jacob?"

„Ja, Wilhelm?"

„Wie lange schon sitzt er dort?"

„Lang genug", sprach Jacob.

Er öffnete ein Auge. Es roch nach Flieder. Die Mücken tanzten in den Sonnenkegeln.

Aber er rührte sich nicht.

„Glaubst du, sie wird auch diesmal kommen?", fragte Wilhelm.

„Heute, wie an jedem andren Tag", sagte Jacob.

„Eine Münze, dass er´s heute merken wird."

„Die Wette gilt, mein Bruder!"

Die Münze flog nach oben; golden glänzte sie in der Luft. Dann fiel sie in die andre Hand.

Im selben Augenblick knirschte der Kies vorm Prunkhaus. Der Wind rauschte durch die Eichenblätter und die beiden rückten auf der Bank zusammen.

Zwei Holzeimer trug die Kräuterfrau, auf dicken Beinchen, alt und krumm.

Aber er rührte sich nicht.

Das zweite Auge tat er auf. Weiter schleppte sie sich nach vorn und wollte ihn nicht sehen.

Doch heute rührte er sich nicht.

Sie war fast da. Der Schatten seines Sitzes fiel schon auf das alte Weib. Säulen, Bögen, Puttenköpfe, alles konnte er auf ihr erkennen.

Doch diesmal rührte er sich nicht.

Ein Schrei. Ihre Augen starrten auf ihn herunter. Ihr Schatten war viel kühler als erhofft.

Und er? Er rührte sich nicht.

Ihr Schreien nahm kein Ende. Da marschierte ein Mann vorm Prunkhaus auf. Königlich.

Das war neu. Und er bewegte sich.

Sie lief davon. Und er sprang hinterher.

„Ruhe!", mahnte der Fürst. „Den Anstand soll sie wahren!"

Und die Bank kam stark ins Schwanken.

„Wilhelm, das ist neu!"

„Und es gefällt mir, Jacob!"

Sie ließ den einen Eimer fallen. Angeekelt.

„Warzen hat er mehr als meine Mutter!", rief sie. „Fett ist er und widerlich!"

Genau wie du, dachte er und sprang ihr auf den Fuß.

Ihr Abscheu war so groß, dass sie ihn gegen den Brunnen stieß.

Weit, in hohem Bogen, flog er über Kies und Grün, landete unsanft am steinernen Sockel.

Das Weiß der Säulen strahlte daraufhin heller als die Sonne und das Gelb der Bögen ließ alles Gold verblassen. Lachend guckten die Putten zu ihm herab.

Und er rührte sich nicht.

„Wenn man es ahnen könnte", sagte Jacob, „was in einem so possierlich Tierchen steckt."

Wilhelm sah ihn lachend an: „Ob sie sich ihn zum Gesellen machen würde?"

„Das", sprach Jacob, „und vom goldnen Tellerlein zusammen essen!"

Er hatte genug gehört. Trotz allem Schmerz, sprang er zurück. Hinauf auf den getünchten Rand. Eins seiner Beinchen hing ein wenig hinterher.

Ihr Ekel war zu groß. Der zweite Eimer fiel und das Weib mit ihm. Mit lautem Krachen brachen seine Eisenriemen auf. Das Holz zerbarst und das Wasser floss davon.

Sie saß nun da und weinte: „Wie erklär ich´s meinem Kurfürst?"

„Schweig!", sprach der. „Was du gelobt hast, musst du auch erfüllen. Geh, und hole neues Wasser!"

„Aber es war das gute, mein Fürst! Das aus Nauheim! Und es war das letzte!"

„Dann ist heute Schluss mit Heil und Wohl. Wird´s auch Puder, Schminke und Parfüm noch tun."

Benommen hockte er nun auf dem Rand. Die Sonne stach ihm in den Rücken. Der Flieder stank.

Der Fürst sah auf das Weib herab: „Geh und sag´s dem armen Heinrich! In der Nacht soll er am Wirtschaftsbrunnen zapfen. Was dem Gemüse wohl, soll uns nicht schaden. Vielleicht tut´s auch der Küchenbrunnen. Dies bleibt aber unter uns. Ist nur gerecht, denn der ungleich größ´re Teil der Gäste gebraucht die Bäder mehr zum Vergnügen, als wegen körperlicher Mängel."

Die zwei Brüder[4] saßen stumm, als hätten sie es nicht gehört.

Und er saß wieder stumm am Brunnen, ungerührt.

„Mir fällt ein Stein vom Herzen!", rief das Weib.

Sprach´s und rannte davon.

Spät war es nun und die goldene Kugel der Sonne versank im guten Brunnen.

Zuviel war es ihm geworden; sprang einfach hinterher. Und

landete hart auf trocknem Boden.

Kein Wasser. Kein Heil. Kein Wohl.

Zwei Gesichter erschienen überm Brunnenrand.

Fragend klotzte er sie an.

„Jacob, jetzt weiß er wohl, dass dort am Grund kein Wasser ist."

„Und du bekommst die Münze, Wilhelm!"

„Dahin ist die Gelassenheit", sprach der, „beim alten Wasserpatscher."

„Dabei schien er mir verwunschen", sagte Jacob, „weil er hier wartend hockte, als ob´s ein echter Brunnen wär´."

„Ja", sprach der Bruder, „in den alten Zeiten, wo das Wünschen noch geholfen hat, wär´ er zum Prinz geworden."

„Du meinst, der Frosch wollt König sein?"

„Kann sein", sprach Wilhelm, „ich wünsch´s ihm wohl!"

Und warf die gold´ne Münze hinterher.

Der Fehler

Es war einmal ein Fehler, der sagte zu seiner Mutter der Ungeduld:

„Ich will nicht der sein, der ich bin. Wie mache ich aus mir etwas Besseres?"

„Gar nicht", antwortete die Ungeduld. „Du bist der, der du bist und das ist gut so. Dass es dich gibt, hat einen Sinn, auch, wenn du ihn nicht erkennen kannst."

„Das glaube ich nicht", entgegnete der Fehler. „Alles, was ich tue, fühlt sich falsch an."

„Wenn du mir nicht glaubst", sagte die Ungeduld, „dann geh und finde es selbst heraus!"

Und der Fehler ging.

Er verließ seine Heimat und lief in die weite Welt hinaus.

Er war schon zwei Tage und zwei Nächte unterwegs, als ihm auffiel, wie einsam er war.

Vielleicht, dachte er, hätte ich erst mit meinem Vater, dem Irrtum, sprechen sollen.

Und er wusste, dass er wieder einmal etwas falsch gemacht hatte. Schwer wurde es ihm ums Herz. Aber zurück wollte er auch nicht mehr.

„Wenn ich die Lösung auf meinem Weg nicht finde", sagte er zu sich, „dann finde ich sie auch zu Hause nicht."

Also ging er weiter. Und kam in ein kaltes, karges Land. Selbst das Sonnenlicht schaffte es nicht durch die grauverhangenen Wolken. Nur wenige kreuzten seinen Weg. Und jeder, den er fragte, sagte ihm, die Königin Angst regiere hier mit eiserner Hand.

Er kämpfte sich vorwärts, bis zu ihrem Palast und bat die Wachen, ihm Einlass zu gewähren. Als er nach langem Bitten und Erklären vor der Königin stand, wusste er aber, dass er bei ihr nicht richtig war. Sie saß auf einem Thron aus ausgebleichten Knochen, war weiß wie Schnee und ihre schwarzen Haare standen ihr zu Berge. Auf ihrem Zepter war ein Schädel aufgespießt. Doch trotz allem bat der Fehler sie um Hilfe.

„Nein", sagte die Angst, „du hast aber auch alles falsch gemacht. Und wirst es wohl nimmer richtig machen. Du bist nutzlos, wertlos, mir graut vor dir. Für dich ist hier kein Platz!"

Der Fehler wusste, weiter zu bitten, würde es für ihn nur schlimmer machen. Also gab er auf und ging seiner Wege. Er war froh, als er das kalte Land verließ. Mit jedem Schritt fühlte er sich besser. Und mit einem Mal glaubte er sogar, er hätte in seinem Leben etwas richtig gemacht.

Da baute sich vor ihm ein Ritter auf. Er erkannte ihn an seiner mannshohen Lanze und dem verbeulten Helm unter seinem Arm. Doch die Rüstung fehlte. Am Leib trug er nichts weiter, als zerrissene, dreckverschmierte Lumpen.

„Wer bist du?", fragte der Fehler.

„Ich bin der Schandfleck", sagte der Ritter und richtete seine Lanze auf ihn.

„Was willst du?", fragte der Fehler.

„Um meine Ehre kämpfen!"

„Wenn mir das hilft, etwas Besseres zu werden, stehe ich dir zu Diensten."

„Wieso?", fragte der Schandfleck, „Wer bist du denn?"

„Ich bin der Fehler", antwortete der Fehler.

„Bäh!", sagte der Schandfleck, „Mit dir kämpfe ich nicht! Du bist noch schlechter als ich. Deine Vorfahren haben mir das Leben zur Hölle gemacht. Mit dir will ich nicht mal gesehen werden!", sprach´s und war verschwunden.

Der Fehler wusste erst gar nicht, wie ihm geschah. Aber ging weiter. Strammer, bewusster, bereit, den nächsten den er traf, nicht so leicht davon kommen zu lassen. Er war so sehr von diesem Gedanken eingenommen, dass er nicht bemerkte, wie sich das Land um ihn herum veränderte. Spuren der Verwüstung führten links und rechts seines Weges entlang. Blitze hatten Bäume zerteilt und Häuser verbrannt, Stürme das Leid über die Weite verbreitet, Hochwasser Mensch und Tier verschleppt, nichts als Schlamm und Schlick zurückgelassen.

„Stehen bleiben!", rief eine Stimme hinter dem Fehler.

Er drehte sich um und sah sich einer Riesin gegenüber. Er musste den Kopf weit in den Nacken legen, um ihr Gesicht zu erkennen. Wilde Locken rankten sich um rote Wangen und in den schwarzen Augen schwelten höllische Funken.

„Ich bin die Wut", sagte die Riesin und stemmte ihre Fäuste in die Hüften. „Und wer bist du?"

„Ich bin der Fehler", sagte der Fehler.

„Dein Problem", sagte die Wut und stapfte weiter.

„Wie?", entgegnete der Fehler, „Das soll es schon gewesen sein?" und rannte hinter ihr her.

„Typen wie dich, kenne ich zu genüge", sagte die Wut. „Ihr kommt mir nie gelegen."

„Aber ich brauche deine Hilfe", entgegnete der Fehler.

Die Riesin fuhr zu ihm herum.

„Sehe ich aus, als würde ich helfen?"

„Lass mich nicht betteln!", rief der Fehler hinauf, tat es der Wut gleich und stemmte die Hände in die Hüften. Und wusste im selben Moment, dass er wieder einmal etwas falsch gemacht hatte.

Ein einziger unendlich langer Schrei drang aus der Kehle der Wut und mit ihren riesigen Füßen stampfte sie auf der Erde herum. Das Beben erschütterte den Fehler. Verzweifelt klammerte er sich an einen eingeknickten Baum. Doch die Wut raste vor Zorn, stampfte immer wilder. Und der Fehler flog in hohem Bogen durch die Luft, über die zerstörten Felder und Wälder, weit fort in ein anderes Land.

Dort landete er auf einem kleinen, moosbedeckten Hügel.

„He!", rief ein Stimmchen zum Fehler herauf, „Willst du mein Häuschen zerstören?"

Der Fehler sah auf einen Zwerg herunter. Der Zipfel seiner roten Mütze schwenkte hin und her, konnte auf keiner Seite Ruhe finden. Und mit seinem Finger rieb sich der Zwerg wieder und wieder die Stirn.

„Magst du mich vielleicht besuchen? Wer bist du überhaupt? Willst du mir das nicht verraten?"

„Ich bin der Fehler", sagte der Fehler.

„Wirklich? Bist du dir sicher?", fragte der Zwerg, „Ich bin der Zweifel."

„Kannst du mir helfen, etwas Besseres zu werden?" entgegnete der Fehler.

„Kann ich das? Ich bin mir nicht sicher."

„Versuche es doch bitte!"

„Soll ich das denn?", fragte der Zweifel. „Macht das einen Sinn?"

Und dann fielen ihm gleich noch zwei Fragen ein, bevor der Fehler antworten konnte. Und noch drei und noch mal welche hinterher. So ging es eine Zeit lang. Bis der Fehler vom Hügel stieg und den Zweifel hinter sich ließ. Der steht vermutlich heute noch dort und fragt sich, ob er dem Fehler helfen soll. Doch der Fehler ging enttäuscht seines Weges. Niemand wollte ihm helfen, etwas Besseres zu werden. Jeder wies ihn ab, mit gutem Grund, aber auch nicht mehr, obwohl er sich doch so gerne ändern wollte. Er quälte sich Hügel hinauf, staubige Straßen hinunter, stieg in tiefe Täler und schleppte sich durch ihre dunklen Gassen. Und doch traf der Fehler auf niemanden, der einen Rat wusste, noch einen Hinweis geben konnte. Schließlich kam der Fehler zu einem dichten, dunklen Wald, ging hinein und fand nicht mehr heraus. Drei Tage und drei Nächte irrte er durch die laubverhangene Finsternis. Am vierten Tag ließ er sich einfach fallen. Und stand nicht mehr auf.

„Du weißt wohl nicht wohin", stellte eine fremde Stimme fest.

Der Fehler hob den Kopf und sah in die großen runden Augen eines schleimigen Ungeheuers, das sich über den Boden zu ihm schlängelte.

„Du bist der Fehler", sagte das Ungeheuer, „willst aber was Besseres sein, stimmt´s?"

Der Fehler nickte und setzte sich auf.

„Ging mir ähnlich", sagte das Ungeheuer. „Ich bin die Unsicherheit. Eine fette schleimige Raupe. Und alle wollten mir weismachen, ich könnte ein Schmetterling sein und mich in die Lüfte erheben. Aber wer weiß das schon so genau?"

„Du willst du sein?", fragte der Fehler fassungslos. „Du bist ein Ungeheuer!"

„Ja, sicher. Jetzt. Aber wer sagt mir, dass ich wirklich fliegen kann, nur weil die anderen meinen, Flügel würden mir besser stehen? Ich bin zufrieden auf der Erde. Weiter hinauf will ich nicht. Wer weiß schon wirklich, wie es da ist?"

„Die Vögel wissen es", sagte der Fehler. „Und sie sind tatsächlich wunderschön."

„Darum sind es Vögel", sagte die Unsicherheit.

„Aber du könntest aus diesem finsteren Wald heraus und in Windeseile andere, herrliche Länder sehen", erwiderte der Fehler.

„Und wer sagt mir, dass die herrlich sind?"

„Die anderen."

„Ach so", sagte das Ungeheuer und schwieg.

So saßen sie eine Weile schweigend beisammen, bis der Fehler fragte:

„Heißt das, du könntest etwas anderes, Besseres sein, willst es aber nicht?"

„So kann man es sagen", entgegnete die Unsicherheit, „aber ich bin zufrieden mit dem, was mir gegeben ist."

Der Fehler schüttelte seinen Kopf.

„Bringst du mich wenigstens aus diesem Wald heraus?"

„Das mache ich", sagte die Unsicherheit, „weiter aber nicht."

Als der Fehler endlich den freien Himmel über sich sah, schüttelte er immer noch den Kopf.

„Geh zu der Burgruine, von der mir die Vögel erzählten", rief die Unsicherheit hinter ihm her. „Sie sagen, dort hält ein Drache eine Jungfrau gefangen. Einer der beiden kann dir vielleicht einen besseren Ratschlag geben."

Der Fehler sah zurück. Doch die Unsicherheit war wieder in ihrem dunklen Wald verschwunden. Er wusste nicht, ob er ihrem Hinweis folgen sollte. Am liebsten wäre auch er nach Hause gegangen. Doch dann sagte er sich, dass ein Drache eine Jungfrau gefangen hält, das ist nicht richtig. Das erkannte er sicher auf den ersten Blick. Was aus ihm wurde, war ihm nun ziemlich egal. Ihm wollte eh keiner helfen. Aber er konnte zum Drachen gehen und ihm erklären, dass er offensichtlich etwas Falsches tat.

Doch als er vor der Ruine stand, schien ihm sein Vorhaben nicht mehr allzu einwandfrei. Ein riesiger, schillernder Drache saß auf den Zacken der halb verfallenen Wehr und spie sein Feuer auf den Fehler hinunter.

„Ich bin der Hass!", schrie er hinterher. „Verschwinde, ich kann dich nicht leiden!"

Der Fehler nahm seinen ganzen Mut zusammen.

„Du hältst eine Jungfrau gefangen", rief der Fehler zu ihm hinauf. „Das ist nicht nur falsch, sondern auch böse von dir. Also gib sie wieder frei!"

Der Hass spreizte seine grün schimmernden Flügel und streckte seine Krallen aus.

„Wenn du meinst, dann komm doch her du Wicht und hol sie dir!"

Der Fehler dachte nicht lange nach. Er sprang über den Graben und warf sich gegen das Tor. Es gab nach, er rannte hindurch, die gewundenen Treppen hinauf. Die Stufen aus Stein zerbrachen unter seinen Schritten. Doch nichts hielt ihn auf.

Der Hass spie weiter Feuer, tobte auf den Zinnen herum, bis die ersten Spitzen brachen und auf den Fehler stürzten. Doch der blieb standhaft, wich den Brocken aus und zielte mit dem, was er packen konnte, wieder auf den Drachen. Ein besonders großer Stein fiel in dessen Rachen.

„Das war dein größter Fehler!", schrie der Hass, schluckte und stieß blind vor Zorn herunter.

Der Fehler spürte die Hitze des Feuers ihm entgegenschlagen. Erst im letzten Moment sprang er zur Seite. Doch der Drache konnte nicht mehr wenden. Zu schwer war der Brocken in seinem Leib. Und er stürzte herunter auf eine abgebrochene Zinne. Die spieß ihn auf.

„Ich hasse dich!", sagte der Drache mit seinem letzten Atemzug.

Der Fehler stand ungerührt mit pochendem Herzen. Was hatte er diesmal falsch gemacht?

„Du selbst hättest sterben können", sagte eine zarte Stimme.

Die Jungfrau trat hinter einem Stein hervor. Langes, goldenes Haar verschmolz mit dem glänzenden Stoff ihres Kleides. Nur ihr Lächeln strahlte dagegen noch heller.

„Du bist die Jungfrau", stellte der Fehler fest und seine Wangen glühten.

„Ich bin die Einsicht", sagte sie, „und ich weiß, du hättest deiner Wege gehen können. Aber stattdessen hast du gekämpft und mich und das Land vom Drachen befreit. Wie kann ich dir jemals dafür danken?"

„Ich brauche Hilfe", sagte der Fehler, „um etwas Besseres zu werden."

„Wie kann das sein?", fragte die Einsicht, „Wenn du es bist, von dem die anderen lernen?"

Sie kam an seine Seite und nahm seine Hand. Und da erkannte der Fehler, er wollte gar niemand mehr anderes sein. Er geleitete die Einsicht sicher zurück in ihres Königs Königreich. Kein Gedanke mehr daran, an ihm könne etwas Falsches sein. Niemals mehr wollte er sich von der Einsicht trennen. Und bat sie um ihre Hand.

Neun Monde später wurde ein zarter Sprössling geboren.

Die Eltern konnten ihr Glück kaum fassen: ein Mädchen, das in den Herzen zu lesen verstand. Und mit seinem Lächeln konnte das Kind sie schmelzen lassen.

Von uns Menschen wird es noch heute Hoffnung genannt.

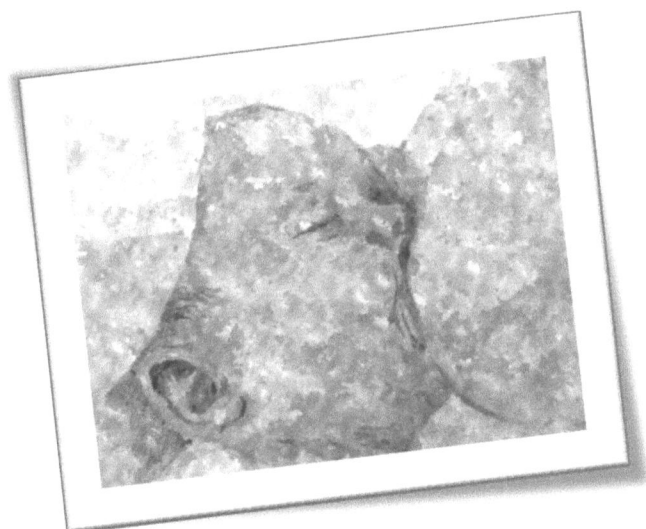

Die Zwischenwelt
Substantiv, feminin
[ˈtsyɪʃn̩ˌvɛlt]

"Das ist eines der Geheimnisse des Lebens:
Die Seele mit den Mitteln der Sinne und die Sinne mit
den Mitteln der Seele zu heilen."

Oscar Wilde[5]

Die Eine[6]

Könnt ich sie nur wiedersehen!

Gebirge, Wälder, Bauernland.

Das Wasser verästelt, verschlungen, beschreibt Kurven in einem Muster, das man nur von oben erkennen kann.

Berge, Felder, Auen, nichts bleibt von ihm unberührt.

Der Fluss fließt. Die Länge ist ihm gleich. Von Ost nach West und Nord nach Süd reibt er sich auf. Viele Namen hatte er schon, genau wie ich. Die Kelten, die Römer und andere gaben sie ihm. Die Bedeutung ist heute allen gleich.

Ob als Wasser oder Mauer, er ist für mich kein Hindernis. Der Fluss ist mein Halt, mein Wollknäuel, das mir den Weg aus dunklen Wäldern weist.

Sein Wasser wird steigen diesen Winter, ich kann es spüren. Regen und Schnee mischen ihn auf. Noch nicht lange und der Eisgang machte es uns allen schwer. Unsere Schreie besangen den Tod. Platon nannte es das schönste Lied des Sterbens, Sokrates erkannte die Freude darin. Weil wir dem Apollon heilig sind.

Doch der Fluss hat sich gewandelt. Genau wie ich. Der bissige Frost richtet heute nichts mehr aus. Seine Strenge unterliegt. Zuviel des Guten machte ihm den Gar aus. Aber mir und dem Fluss steckt die Erinnerung noch in den Gliedern.

Könnt ich sie doch noch einmal wiedersehen!

Ich habe den weißen und roten Ursprung des Flusses gesehen. Ich habe Frauen verführt, mit Toten gesungen, mich oft und viel verwandelt. Und trotzdem bin ich rein, bin Ritter, bin König, Gottbegleiter. Ich habe Wagen gezogen, Boote und

Seelen. Hinab in die Anderswelt, die mir so verlockend schien. Doch jetzt bin ich gefangen.

Zwei Brüder der Stadt machten aus mir sechs andere. Die wurden befreit. Nur einer behielt einen Flügel zurück. Für die Liebe. Für sie würde auch ich mich noch mal wandeln. Nur die Eine wiederzufinden, ist mir nicht vergönnt. Zuviel Zeit ist mit dem Wasser fortgeflossen. Meine Kraft reicht nicht mehr aus. Der Übergang ist grau verhangen, das Neue bietet keine Chance.

Werde ich sie noch einmal wiedersehen?

Ihr ruft mich an. Um Enthaltsamkeit, Keuschheit, ringt darum. Ihr empfindet tief, wenn ihr mich seht. Seit dankbar um das tiefe Geheimnis der Verwandlung!

Verändern wollt ihr euch. Wollt das Hässliche abstreifen wie ein enges Kleid. Mir selbst fällt das leicht. Grau und reizlos komme ich auf die Welt, liefere mich nach und nach der Schönheit aus, werde weiß und rein.

Was ich vereine, ist Wissen und Weisheit, dich und deine Ahnen. Ich verbinde Wasser und Luft und bin auf immer verbunden. Mit deinen Träumen. Verborgenes bringe ich ans Licht. Wenn du mich siehst, wirst du gesund, wird mein Weiß deine Sehnsucht stillen, wirst du den Einen finden.

Doch hüte dich vor meiner schwarzen Seite. Dann ist Gevatter Tod nicht fern.

Ich werde sie niemals wiedersehen.

Mich selbst haben Stolz und Hochmut verführt. Was ich dafür verloren habe, kann ich niemals wieder finden.

Ich wurde ins Wappen gebannt. War Herrschaft, Grafschaft, Erzbischof. Teilte mich, beschloss den Frieden und verband Frau und Mann im heiligen Stand.

Mein Kampf war tödlich. Für mich gibt es nur noch ein Revier. Und es sind nicht mehr die Sümpfe, die Seen, die flachen langsam fließenden Gewässer.

Mein Grund ist nur noch Papier. Und die Erinnerung.

Ach, könnt ich sie nur wiedersehen!

Mein Gehege ist gelbrot. Sparren halten mich statt Balken. Der steigende Löwe behält mich im Blick. Ich bin die Helmzier. Throne auf der stählernen Kappe. Weil sie mich bannten mit dem Erbe von Lohengrin. Und doch gab es Streit. Bin nicht mehr ganz, stehe nicht mehr. Für die Stadt teilte ich mich und wachse.

Meine Schwingen breiten sich aus. Tatsächlich spüre ich den Luftzug. Seit Ewigkeiten.

Mein Lauf ist lang, bevor ich mich erhebe. Doch dann erobere ich das unsichtbare Element. Mein Schlag ist langsam aber kraftvoll. Ich erzwinge die Höhe, der Flug ist schwer. Doch der Rhythmus findet mich wieder und das Rauschen treibt mich voran.

Wenn du mich siehst, könnte auch dein Wunsch in Erfüllung gehen.

Für einen Moment hat mich die Leichtigkeit zurück, kann ich alles überblicken. Ich überwinde die Schwere, den Kummer, die Trauer und erhebe mich über die Grenzen. Ich reise zwischen dem einen und dem anderen Reich. Für einen Lauf von Sonne und Mond.

Wie gerne würde ich sie wiedersehen!

Doch ich sehe nur mich. Wie mich die andern sehen: Auf Papier, Mauer, Flagge gebannt.

Im Sandsteinportal prange ich, blicke zum Schlossplatz, biete dem Marstall die Stirn. Empfange, huldige, honoriere, wo früher die Hengste stolzierten.

Auch über Basaltbruchsteinen throne ich. Früher hielten sie Recht und Gericht. Heute verwahren sie Schriftgut und Dichtung. Hier sind Wissen und Weisheit versammelt. Das schmeichelt mir. Meine Flügel ragen aus rotem Main-Sandstein. Ich vermisse den weißen Putz.

Ich fliege weiter. Und spiegele mich wider.

An einem Portal auf dem Weg zur Stadt der Kaiser. Jetzt kröne ich das Tor. Früher auswärts der mittlere Bogen, stadteinwärts alle drei geöffnet. Bis auf die Mauern zerstört. Bald alle Gewölbe wieder aufgebaut, blicke ich heute auf das ewige Treiben.

Krieg und Frieden. Wie im frühen Zentrum. Dort lasse ich mich nieder. Die Sonne geht unter und das Glockenspiel ertönt.

Ich blicke auf ein Denkmal, das dem meinen gleicht. Es sind die Gebrüder. Wir alle stehen in einer Achse mit der Kirche, dem Paradies. Die Gasse gibt es noch immer.

Könnt ich sie doch noch einmal wiedersehen!

Da höre ich die Schwingen, ihr lautes Flügelrauschen. Ihre Schnäbel klingen hinterher. Ihre gemeinsame Spitze zeigt auf mich. Und ich erkenne:

Ich bin nicht einer. Ich bin viele.

Prächtig glänzt unser weißes Federkleid. Anmutig schwimmen wir mit dem Fluss, fliegen ausdauernd über seine Ufer. Im Teich verschenken wir Glück und Liebe. Wer uns füttert, dem sind wir Kamerad fürs Leben.

Nur der Schwarze auf dem klaren Wasser ist ein verbotenes Vergnügen.

Könnt ich sie nur wiedersehen!

Mein Flug geht zu Ende. Ich muss zurück auf meinen angestammten Platz. Auch wenn das Grafenhaus längst verlassen ist, muss ich die Lücke füllen. Es ist mein Erbe.

Grafen, Prinzen, Herrscherhäuser. Sie alle tragen mich im Schild. Staat, Kurfürst, Großherzog. Auch sie halten einen Teil von mir.

Wenn ich auch immer im Wandel bin, so ist es meine Bestimmung.

Symbol und Seelentier.

Ich nehme meinen halben Platz. Auf dem Papier, der Mauer, der Flagge. Spreize die Flügel, recke den gebogenen Hals und schließe Freundschaft mit der Ruhe.

Da ist mir mit einem Mal … Ja!

Ich kann sie sehen!

Die Eine. Sie war meine Heimat. Sie fliegt an mir vorbei, mit Anmut, davon, hin zu ihren Brüdern. Ihre Erlösung naht und mein Herz regt sich in Freude. Ich kann nicht sprechen und nicht lachen. Mein Ruf bleibt stumm. Und trotzdem bleibt der Zauber ungebrochen.

Könnte ich mir nur ein andres Hemd überwerfen, dann fiel

vielleicht die Schwanenhaut und ich wäre frisch und schön.
Doch sie fliegt vorbei. Meine Liebe.

Dahin. Zu einem andren König.
Jetzt bin ich euer.
Heimat für immer.

Die Andere

Ich schrecke auf.

Die Kissen sind zerwühlt. Das Bett ist leer und kalt. Er ist fort. Wie schon so oft in all den Nächten. Meine Seite ist schon lange unberührt.

Ich bewege mich um das metallene Gestell, lasse meine Finger über das glatte, dunkelblaue Gewebe streichen. Früher hat es uns zusammen umspült, wie das ausufernde Meer. Und doch spüre ich nichts mehr davon. Nur den Schmerz, den er bei mir lässt.

Ich verlasse das Zimmer und wandele die Galerie entlang. So viele Bilder, in denen ich mich wiederfinde. Sonst in nichts. Nur Erinnerung. Und doch bleibt für jeden etwas anderes.

Die Uhr schlägt Mitternacht. Ich harre am Kopf der Treppe und weiß, er ist diesen Weg gegangen. Seinen Duft würde ich überall wiedererkennen. Ein Duft, frisch wie Seife und würzig wie getrocknete Myrte. Ich streife ihn mir über und schreite die Treppe hinunter.

Ein blecherner Laut aus der Küche. Außer ihm ist niemand im Haus. Ich blicke um die Ecke. Da sehe ich ihn stehen, aufrecht, mit gestrafften Schultern. Immer noch ein Bild der Götter. Seine Muskeln spannen sich an, als er alles daransetzt, den Korken aus der Flasche zu ziehen.

Ich warte einfach und nehme die Bewegung in mich auf, versuche, sie mir genau einzuprägen. Und es ist wie früher. Es wühlt mich auf.

Ich bewege mich zu ihm hin. Das Flattern in meinem Bauch verwandelt mich in ein junges Mädchen. Es ist lächerlich. Und doch. Der Korken ist gelöst. Ein Messer liegt acht-

61

los auf dem Boden. Bewegen kann ich es nicht.

Er steht über sein Glas gebeugt, den Kopf gesenkt, die Schultern hochgezogen. Noch atmet der Wein unberührt in seiner Flasche. Kein Spiegelbild ist von mir darauf zu sehen. Es ist egal. Ich bin bei ihm. So nah. Ich schließe die Augen und erspüre seine Wärme.

Warum?, fragt er.

Ich weiß keine Antwort. Noch immer hält er seinen Kopf gesenkt. Die Schläfen sind in den letzten Wochen grau geworden. Ich strecke meine Finger danach aus. Nur ein Hauch von Berührung und ich verlange nach mehr. So war es auch früher.

Ich rechne nicht damit. Eine fahrige Bewegung. Das Glas fällt durch mich hindurch. Hin zu dem Messer. Für einen kurzen Moment erstarre ich im Schreck. Doch so schnell er kam, ist er verflogen und es bleiben wieder nur Scherben, die zwischen uns liegen.

Er kommt mir näher, beugt sich hinunter. Mir ist, als treffe sein Atem meinen Nacken. Fast berühren seine Lippen meine Haut. Heiß wird diese kleine Stelle, bilde ich mir ein und zucke nicht zurück. Schon sammelt sich die Feuchtigkeit, sein Atem kühlt, sanft bläst er mein Haar zurück, ich beuge meinen Hals, ihm entgegen. Vergebens. Nichts davon ist wirklich.

Es war nicht meine Schuld, spricht er, eine Scherbe in der Hand, und geht mir aus den Augen.

Ich warte. Ich weiß, wohin er will und was als Nächstes kommt. Am liebsten würde ich ihn dort verrotten lassen. Aber das verlangt zu viel von mir. Noch fühle ich mich ihm verbunden.

Ich folge seinem Duft und gleite in den anderen Raum. Dort sitzt er, wie Nächte zuvor, in diesem rot gepolsterten Sessel. An seiner Seite der schwelende Kamin. Nur er bringt ihn zum Brennen. Auf dem kleinen Tisch ein benutztes Glas. Fleckig vom alten roten Wein. Und vor ihm, gegenüber an der Wand, das einzige Gemälde. Einnehmend seine Größe, betörend mit sanften Farben. Und doch erdrückend: das Abbild der weißen Frau.

Schon fast solang wie er, starre ich auf dieses Bild. Diese sinnlos vertane Zeit, in der ich mich frage, was sie hat, das mir zu fehlen scheint. Nichts hoffe ich. Und doch schäme ich mich der Ähnlichkeit. Mit diesem abartigen Weib.

So steht sie dort, behängt mit weißem Leinen. Wie ein Leichentuch bedeckt es ihren Körper. Und doch ist ihr sanftes Strahlen ohne jedes Alter, gleich einer erhabenen Madonna.

Das weiße Tuch ist auch über ihr Haar gebreitet. Das Gesicht seltsam entfremdet und doch so vertraut. Warum weiß ich nicht und will es auch nicht wissen.

Der restliche Stoff fließt in schweren Bahnen um ihren aufrecht stehenden Körper. Nur um ihre Hüften hat sie ihn gleich doppelt geschlungen. Als ob sie sich selbst zügeln könnte. Doch mich täuscht sie nicht, diese verräterische Dirne.

Scheite knacken im Kamin. Ihr Licht will nicht recht den Raum durchbrechen. Nur an ihr ist alles licht, alles weiß. Auch ihre Haut. Die dunklen Augen liegen als einzige tief in ihren Schatten. Die Lippen wieder blass, die noch blassere Hand um den Knauf einer offenen Tür gewunden. Nur Dunkel hinter ihr. Das Licht kommt von nirgends.

Und mir kommt es unrecht vor. Er sollte sie nicht berühren. Und doch tat er es schon. Auch heute wird er mit seinen Fingern über jedes Stück ihres vollen Körpers streichen, als könne er das gräulich schimmernde Gewebe jemals durchdringen. Es schmiegt sich schützend um ihre Erscheinung wie ein hauchdünner Nebel. Nur eine Ahnung, durchschaubar, kaum fassbar. Wie ein Geist.

Du Hure, schreie ich. Aber niemand kann mich mehr hören.

Von wie vielen hast du dich anfassen lassen, damit sie die Geheimnisse deines Körpers erkunden? Ich spucke auf sie. Denn diese weiße Frau ist alles, nur nicht rein!

In einem großen, Gold getünchten Rahmen hängt sie an der

dunklen Wand. Umso größer brennt mein Hass. Ich sehe ihn, wie er im Sessel kauert, mit seinen Blicken nach ihr giert. Ich gönne ihm die Verzweiflung. Und doch bewege ich mich zu ihm hin.

Ich gehe vor ihm auf die Knie, versuche seinen Blick zu fangen. Meine Hände streichen nur scheinbar über seine Schenkel. Doch ich tue, als lege ich meinen Kopf in seinen Schoß. Diese Nähe. Im Kamin bricht ein Scheit. Funken sprühen, Flammen lodern auf. Dann fällt das Feuer in sich zusammen.

Könnte ich ihn doch nur noch einmal küssen, sein Feuer neu entfachen.

Da sehe ich das Messer liegen. Neben dem Glas Wein. Warum hat er es wieder mitgenommen? Die braune Flasche auf dem Tisch ist schon lange offen, er schenkt sich ein, das Rot schwappt unwirsch an den Rand des Glases.

Leise formen seine Lippen eine Frage: *Warum auch, hast du mir das angetan?*

Dann schüttet er mit zitternder Hand den Wein in seinen Mund.

Ich beachte nicht sein Flüstern. Denn er meint nicht mich. Wie auch? Er sieht doch nur die weiße Hure. Sein Verlangen gilt jetzt ihr.

Da spreizt er mit einem Mal die Arme, die Lippen noch feucht vom Wein. Er stürzt zu ihr hin, fällt vor ihrem Abbild flehend auf die Knie.

Auch in diesem Raum sind keine Spiegel. Aber auch sonst nichts, in dem ich mich spiegeln kann. Bevor ich ihm meine Verachtung ins Gesicht speie, hätte ich gern die Entschlossenheit in meinem eigenen bewundert.

Bis ich mich besinne, fährt er schon mit seinen Fingerspitzen zärtlich über jede Rille. Über die feinen Furchen im Öl, die der Pinsel hinterlassen hat. Dann erhebt er sich von seinen Knien, träumt weiter mit der Hand von ihren endlos langen Haaren, die er nicht erkennen kann. Sie verbirgt sie, damit kein unwürdiger Blick sie streifen kann. So machen das die Flittchen. Ich weiß das. Reizen bis aufs Blut. Der Begierde wegen.

Ich trete hinter ihn. Die Härchen auf seinen Armen stellen sich auf. Und ich versuche, ein letztes Mal, mit seinen Augen zu schauen.

Der Kamin neben uns strahlt seine Hitze aus. Doch ich kann sie nicht mehr spüren. Dafür wölbt das zuckende Licht ihre verdeckten Brüste. Und ich weiß eins mit Sicherheit: Ich hasse sie, die weiße Frau, die nur scheinbar diesen Raum betritt. Die Tür so wenig echt wie sie.

Mein Blick fällt auf den eisernen Schlüsselbund an ihrer Seite. Soll wohl heißen, du kannst alle Türen öffnen. Oder Herzen. Oder öffnest du nichts anderes als deinen wollüstigen Leib? Um danach höhnisch mit deinen Schlüsseln zu rasseln. Aber es sind nur Ketten, nichts anderes.

Ich weiß das.

Ich stelle mich vor ihn, will die Sicht versperren und vergesse, dass er mich nicht sehen kann. Und doch, für einen Moment glaube ich, unsere Blicke treffen sich.

Überraschend wendet er sich ab, greift sich das Messer und kommt zurückgestürmt. Er dringt ein. Mit dem Messer in ihr Bild. In das Bild der weißen Frau. Leid und Lust streiten in ihm. Ich lese es in seinen Zügen. Hätte er damals die Klinge liegen lassen. Ich hätte ihm nur Lust bereitet.

Stattdessen schmerzt mein Herz.

Doch das kann nicht sein. Es muss ein Ende haben. Diese Liebe tötet nicht nur meinen Körper. Sie tötet meinen Geist.

Ich stürme fort. Halte mein rasendes Herz. Die Tür zum nächsten Raum ist angelehnt. Ich brauche keine Schlüssel, streife den Knauf, dringe durch das Holz ohne Zögern ein. Unerwartet sehe ich vor mir einen großen, gold getünchten Rahmen stehen. Und in seiner Mitte, für einen Moment, spiegelndes Weiß, das meine Augen blendet.
Sonst nur Dunkel hinter mir. Das Licht kommt von nirgends.

Mein Herz hört auf zu schlagen, mein Geist lässt endlich los. Und ich erkenne:

Es ist mein Spiegelbild in das ich schau.

Ich bin die andere.

Ich bin die weiße Frau[7].

Der Turm

Es war viel zu nass, um den Hund hinauszujagen. Doch er musste zu ihr hin, wissen, ob sie es noch hatte. Und er brauchte einen Grund.

Er pfiff nach dem Rüden. Der trottete, getrieben von Neugier und einer Belohnung, zu seinem Herrn. Karl Konrad Ritter legte dem Mischling die Leine an, zog das Regencape über und hastete von der Tür zum Rad.

Dicke Tropfen fielen aus der dunklen Wolkendecke und der Hund schüttelte sein braunes Fell. Das erste Mal, bevor sie überhaupt das Tor passierten.

Karl zog die Kapuzenschnur um das Kinn noch ein Stückchen enger. Das dumpfe Schlagen des Wassers unter dem Nylon trieb ihn an, wie ein Trommler die Galeere. Kraftvoll trat er in die Pedalen und spürte, wie ihm der kommende Frost entgegenschlug.

Er fuhr den gewohnten Weg, den Hund an seiner Seite. Ihn trieb der Gedanke an das mögliche Glück. Den Hund trieb Eifersucht. Und noch immer die Belohnung.

Karl Konrad konnte es sich selbst nicht erklären. Jeden Tag zog es ihn zu ihr hin. Und doch konnte er sich nicht entscheiden. Noch zwei Querstraßen und dann hinter der Hauptkreuzung links.

Er zog das Tempo an. Der Hund wusste Bescheid und zog mit.

Die eisigen Wolken blieben zurück. Langsam löste sich das Schwarz in Grau und aus den harten Regentropfen wurden zarte Flocken. Sie waren fast bei ihr.

Karl bremste langsam ab. Der Hund trottete müde hinterher.

Da war sie. Stolz ragte ihre Fassade zwischen den Altbauten empor. In einer der besseren Einkaufsstraßen. Die Galerie wäre ihm nie aufgefallen, wenn er sich nicht, geblendet von der Sommersonne, verfahren hätte. Vor gut einem halben Jahr. Und der Hund hatte damals sein Zögern ausgenutzt und an dem weiß verputzten Sockel sein Bein gehoben.

In diesem Moment war es ihm ins Auge gefallen. Ein Gemälde, das die quadratische Glasfläche fast völlig für sich beanspruchte. Die Sonne brach sich in der Scheibe. Die verjüngten Strahlen fielen auf das Öl der Leinwand, die Pigmente reflektierten und entzündeten ein Feuer. Oben auf, auf einem schlichten Turm.

Stolz ragte der Leuchtturm in der Mitte des Bildes empor, teilte es fast unmerklich in zwei Hälften. Der Horizont durchkreuzte seine Mitte und imitierte den weißen Streifen der roten Säule. Darüber der wolkenlose Himmel. Darunter der sonnenbeschienene Sand, gekrönt vom wogenden Meer.

Er war förmlich in dieses Bild hineingefallen, hatte das strauchelnde Rad liegen lassen und den verschreckten Vierbeiner hart an der Leine gezogen. Dann hatte er das Preisschild an der unteren rechten Ecke entdeckt. Und der Zauber ging verloren.

Kunst, das konnte er verstehen, hatte ihren eigenen Preis. Aber dieser war zu hoch.

Karl kniete sich zu seinem Hund, drückte ihn an seine Seite und sprach dem aufgeregt hechelnden Tier beruhigend zu. Er richtete sein Rad auf und überprüfte die Speichen. Dann schwang er sich auf, ohne sich noch einmal umzusehen.

Der Hund folgte seinem Herrn. Und der Nachmittag nahm den gewohnten Lauf.

Doch am nächsten Tag, es war noch früh am Morgen, kam ihm das Bild wieder in den Sinn. Und eine Stunde später nahm er mit dem Hund die neue Spur. Auch wenn der Rüde erst stur an der gewohnten Kreuzung stehen blieb.

Am Tag darauf wusste der Hund Bescheid, sah aber sehnsüchtig zur alten Straße hin. Doch der Mischling trottete weiter, treu ergeben neben seinem Herrn.

Karl Konrad Ritter hingegen genoss den neuen Weg. Und den Gedanken an sein Ziel. Es gab ihm ein neues, bisher unbekanntes Gefühl, das sich mit Sehnsucht am besten umschreiben ließ.

Eine Woche später hatte sich etwas verändert. Nicht etwa das zart leuchtende Rot des sich nach oben verjüngenden Turms. Auch nicht das haarfeine Geländer um die gläserne Spitze oder das bogenförmige schwarze Loch der Eingangstür.

Es war das Schild an der unteren Ecke. Die Zahl hatte sich verkleinert. Der Wert des Turmes war gesunken. Karls Laune stieg dafür umso mehr. Mit jedem Tritt nach Hause.

Ab sofort begann jeder neue Tag mit dem Gedanken an das Bild. Und dem Preisschild in der unteren Ecke. Jeden Morgen früher trieb er das Rad schneller an; der Hund kam kaum noch hinterher. Und überall auf dem Weg spiegelte sich das Seezeichen wider: morgens in der aufgehenden Sonne, mittags in einem reflektierenden Glas, abends im leuchtenden Mond am nachtschwarzen Himmel.

Und Karl Konrad wollte dieses Bild. Er wollte es an seiner Wand. Er wollte es nicht nur durch eine Scheibe betrachten. Er wollte es immer sehen. Immer, wenn ihn die Sehnsucht packte. Nach einem Ort wie diesem am Meer.

Nur der Preis war ihm zu hoch. Noch immer rang er mit sich selbst. Er hätte es sich leisten können. Sich den kleinen Traum vom großen Glück erkaufen.

Doch der Preis war zum zweiten Mal gefallen. Und nun war es an ihm, auf das dritte Mal zu warten. Er konnte es spüren, wenn er vor der Scheibe stand. Wenn er mit der Hand an der Gesäßtasche nach dem Geldbeutel tastete. Dann hielt ihn etwas davon ab, ihn herauszuziehen. Eine dunkle Macht, die deutlich schrie, dass er viel günstiger sein Glück erlangen konnte. Also fuhr er wieder fort, nur, um an dem Tag darauf zu dem Bild zurückzukehren.

Heute stand er dort, das Rad an die weiße Fassade gelehnt, den durchnässten Hund neben seinen Knien. Langsam zog er die Kapuze seines Capes zurück. Sein Atem wurde von der bitteren Kälte in weiße Wolken gehüllt.

Karl Konrad stützte sich, mit zitternden Fingern, gegen die eisige Scheibe. Er sah auf die untere Ecke, auf die des kleinen Schilds. Sein Atem stockte.

Das Schild war fort. Genauso wie das Bild.

Der Turm, das Meer, der Sand, der wolkenlose Himmel – sein ganzes Glück dahin.

Karl stand mehrere Stunden gegen die Scheibe gelehnt, bis sie ihn bemerkten. Als eine förmliche Aufforderung nicht weiterhalf, riefen sie die Polizei und ließen ihn entfernen.

Einen Tag später saß Karl noch immer benommen in seiner Wohnung. Der Rüde, unbewegt und hungrig wimmernd, neben seinem Stuhl.

Nach zwei Wochen hatte der treue Hund es dann geschafft, seinen Herrn wieder vor die Tür zu ziehen. Karl trat zäh in die Pedalen, doch der Hund zog weiter an. Und an der altbekannten Kreuzung ging es in die alte Straße. Der Mischling sprang glücklich von einem Stein zum anderen. Sein Herr blickte verloren hinterher.

Drei Monate später war der Winter endlich vergessen. Und die verpasste Chance mit ihm. Zurück blieben geschmolzener Ärger und die Sehnsucht nach dem Ort am Meer.

Es war ein wolkenloser Frühlingstag, als die Wandlung vollkommen war. Wozu ein teures Bild an seiner Wand, wenn er etwas Gleiches im wirklichen Leben fand?

Karl Konrad Ritter ließ das rostige Rad im Schuppen, half dem Hund ins rote Auto und warf die Reisetasche hinterher.

Er nahm sich vor, so weit zu fahren, wie sie es ohne anzuhalten schafften. Und das war länger als gedacht. Berge und Bäume flogen an den Scheiben vorbei und die Häuser wurden immer flacher. So ganz anders, als der Turm in Rot und Weiß vor Blau. Am frühen Abend hatten Herr und Hund fast alles hinter sich gelassen. Vor ihnen lagen nur noch ebenes Land und das Meer am Horizont.

Karl nahm einen tiefen Atemzug. Vor dem Auto ging die Sonne unter. Und sie beschien das einzige Gebilde zwischen ihm und der scheinbar unbegrenzten Weite.

Dort stand er, der zart gepinselte Turm in Öl. In derselben Stimmung wie auf dem Gemälde. Vor dem fahlen Grau des Himmels, gekreuzt vom roten Himmelskörper und mit dunklem Kontrast zu den wogenden Wellen.

Karl Konrad Ritter rollte das Auto neben den weiß gezeichneten Turm. Langsam öffnete er die Tür. Und der Hund sprang unbekümmert raus ins Freie, wühlte sich wedelnd zwischen den Dünen davon.

Zwischen Karl und dem Turm war nun nichts mehr.

Die unendliche Weite herum entrückte ihn ebenso, wie sie sein Herz befreiend schlagen ließ. Mit weichen Knien ging er auf die Öffnung zu, auf das bogenförmige schwarze Loch der Eingangstür. Er griff zum Knauf. Endlos streckte der wuchtige Turm seine Masse nach oben. Er sah hinauf. Weit über ihm verjüngte der Turm sein leuchtendes Rot und trug das Geländer wie eine Krone ums gläserne Haupt.

Das Licht aber leuchtete nicht.

Doch es war sein Bild, sein Turm, sein Traum – und er würde ihn gleich von innen erkunden. Vielleicht sogar das Licht entzünden.

Er drang ein. Die Tür fiel hinter ihm ins Schloss. Im Dunklen stieg er die eiserne Treppe hinauf. Windung um Windung. Seine Beine schmerzten. Aber der Schmerz war süß; trug er ihn doch zum Himmel hinauf.

Selbst im Innern roch er die salzige Luft, hörte er die Wellen stärker werden und die Brandung schlagen. Mit letzter Kraft stieß er ganz oben die Luke auf. Erschöpft kroch er in den runden Raum, in einen Palast aus Stahl und Glas.

Das Holz der Luke fiel ins Bodenloch. Und Karl ging auf die

Aussicht zu. Von Weitem hörte er den Rüden bellen. Nur das Licht fand er nicht. Der Raum blieb leer.

Er drehte sich im Kreis, konnte selbst im Innern vor den Scheiben alles sehen: den unendlichen Himmel, die Breite der Küste, die endlose Weite des Meers.

Er ging über das hölzerne Rund des Bodens, von Glas zu Glas der runden Wand. Die Luke war verschwunden.

Nur ein Traum, dachte er und stellte sich ans Gischt bespritzte Glas. Er sah den Hund in den Dünen sitzen. Jaulend starrte der herauf.

Und ein altbekanntes Gefühl umklammerte sein Herz, das sich mit Sehnsucht am besten umschreiben ließ.

Die Frau, die das Bild erworben hatte, schritt langsam zu der Wand. Das Gemälde hing ein wenig schief. Der Turm in Rot und Weiß musste aber aufrecht stehen. Erst dann begriff man die Magie. Sie drückte eine Kante hoch und war mit dem Ergebnis sehr zufrieden.

Die untergehende Sonne brach durch eine Scheibe hinter ihr. Die Strahlen fielen auf das Öl. Die Pigmente reflektierten und entzündeten ein Feuer. Oben auf, auf dem schlichten Turm.

Vor das Licht der Spitze fiel ein schmaler Schatten. Sie ging näher ran. Der Umriss hatte einen Kopf und streckte einen Arm nach oben. Ein winziger Mensch in der gläsernen Krone.

Sie erblickte ihn zum allerersten Mal. Doch der Gedanke, der Leuchtturm sei bewohnt, gefiel ihr irgendwann. Und mit dem nächsten Wimpernschlag entdeckte sie das winzig rote Auto.

Sie suchte das Bild mit neuen Augen ab. Zwischen den Dünen ein brauner Hund, das Maul weit aufgerissen.

Überschwänglich fuhr sie mit den Fingern über das zart verstrichene Öl.

Seltsam, dachte sie, *was man erst auf den zweiten Blick bemerkt.*

Die Sonne hinter ihr verschwand.

Das Licht erlosch.

Sie ging und schloss die Tür.

Nur der Schatten auf dem Bild reckte noch immer sehnsüchtig die Hand nach ihr.

Die Nummer

„*N*ummer?", fragte mich der blau uniformierte Pförtner und schob zum dritten Mal seine Mütze zurück.

Ich ballte die Hände zu Fäusten und biss die Zähne zusammen. Geduld gehörte nicht zu meinem Repertoire. Insbesondere, da ich bereits alle Nummern aufgezählt hatte, die mir in den Sinn kamen: Personalnummer, Telefonnummer, Hausnummer, Parkplatznummer, Spielernummer, sogar die Mitgliedsnummer der Stadtbücherei, meine Scheckkarten-PIN und die zuletzt benutzte Online-Banking-TAN. Fast alle im vier- bis sechsstelligen Bereich.

Wer merkt sich denn schon die seines Personalausweises oder die der Krankenversicherung?

„Welche Nummer *verdammt noch mal?*", rief ich und hieb mit der Faust auf den Tresen.

Seit geschätzten sechs Minuten war mir die Fähigkeit zu warten verloren gegangen.

Langsam hob der Pförtner seinen Kopf und sah mich mit zwei vorwurfsvoll geweiteten Augen an.

„Gerade hier wird sie Fluchen kein Stück weiter bringen", sagte er und schaute über meine Schulter.

Ich folgte seinem Blick.

Eine bucklige Alte drängte auf ihren Stock gestützt an mir vorbei und krächzte: „Vier!"

Lächelnd winkte sie der Uniformierte weiter.

Bevor ich in Bewegung kam, rastete das Drehkreuz ein.

„Verfluchte *Schei* …"

Meine Ungeduld bekam einen Dämpfer, als mich der Pförtner kopfschüttelnd von unten herauf anblickte. Und ich schluckte den restlichen Ärger hinunter.

„Hören sie", sagte ich, „wir wollen uns beide das Leben doch nicht zur Hölle machen! Versuchen wir es noch mal von vorn: *Guten Tag*, wie geht es ihnen, welche Nummer benötigen sie?"

Der Pförtner baute sich vor mir auf. Seine Mütze geriet in Schieflage.

„In ihrer Situation machen sie sich noch lustig über mich?", stieß er hervor.

Ich winkte beschwichtigend ab, obwohl sich bereits eine Hitze in meinem Innern staute, die sich erfahrungsgemäß nur explosionsartig in einem verbalen Rundumschlag entlud. Die Tugend der Langmut war meiner Mutter und mir bereits bei meiner zwölfstündigen Geburt abhandengekommen.

Einer Eingebung folgend rief ich: „Zwölf!"

„Versuchen, die richtige Antwort auf eine Frage zu finden, indem man aus den denkbaren Antworten die wahrscheinlichste auswählt, hat hier noch niemandem weitergeholfen", entgegnete der Pförtner, strich seine Uniform glatt und setzte sich wieder.

Bevor ich die passende, missbilligende Gegenstimme fand, vernahm ich ein lautstarkes Quaken hinter mir.

Das plumpe, gedrungene Tier hatte eine trockene, warzige Haut. Mit seinen kurzen Hinterbeinen kam es nur mit kurzen Hüpfern voran.

Der Frosch quakte gefühlte hundert Mal. Ich kann es nicht genau sagen, denn nach dem achtundzwanzigsten Mal hörte ich auf zu zählen und hielt mir stattdessen die Ohren zu.

Der Pförtner erhob sich ein wenig, lächelte das Tier über den Tresen hinweg aufmunternd an und der Frosch hüpfte unter dem Gestänge des Drehkreuzes durch, wobei eins seiner Beinchen ziemlich nutzlos hinterher hinkte.

„Sie erwarten sicherlich nicht, dass ich ebenfalls quake?", fragte ich an den Pförtner gewandt und stützte mich vorsorglich am Drehkreuz ab.

Aber weder der eine noch das andere gaben auch nur im Geringsten nach.

„Okay", sagte der Pförtner und knöpfte den obersten seiner fünf goldenen Jackenknöpfe auf, „ich betrachte sie einfach mal als die Ausnahme von der Regel und spiele mit."

Wir standen auf Augenhöhe und er bemühte sich sichtlich, mir mit neutralem Blick in die Augen zu schauen. Ich bemühte mich, mich als geduldig zu erweisen, indem ich Bereitschaft zeigte, mit meinem unerfüllten Begehren zu leben, beziehungsweise dieses zeitweilig bewusst zurückzustellen.

Ich sah als Erster weg.

„Wie jetzt?", entgegnete ich, „Ich dachte, sie lassen mich durch!", und rüttelte an der Absperrung.

„Nicht ohne Nummer", sagte mein Gegenüber gelassen.

„Welche Nummer, *Hergottnoch*…!"

Ein Donner grollte in weiter Ferne und würgte mich ab. Ich drehte mich um, konnte aber keine einzige dunkle Wolke entdecken. Überall um mich herum nichts weiter als gleisend heller Sonnenschein. Ich wandte mich wieder dem Pförtner zu, der sich offensichtlich noch immer um Gelassenheit bemühte.

„Die Nummer, die ihnen der *Bote* nannte", entgegnete er, als spräche er mit einem Zehnjährigen.

Ich stutzte. DHL, UPS oder Hermes? Welcher Paketzusteller hatte mich zuletzt aufgesucht? Ich forschte mit neu entfachter Hoffnung in meinem Gedächtnis. Da fiel es mir wie Schuppen von den Augen. Hektisch suchte ich meine Taschen ab.

Nichts. Nada. Leere.

Ich weiß nicht, welcher Gedanke mir erneut die schwelende Hitze der Wut durch meine Adern trieb. Dass mir mein Handy gestohlen worden war oder ich die Nummer für die Packstation für immer verloren hatte.

Mit den Zähnen knirschend versuchte ich, mich an die läppischen vier Ziffern zu erinnern.

„Dauert´s noch länger?", fragte ein Grauhaariger und hieb

mir seine Krücke auf die Schulter.

Mit halb erschrockenem Ärger und schuldbewusstem Lächeln fuhr ich herum.

Der Alte erschrak sich bei meinem Anblick offensichtlich genauso sehr.

Und ich sah meine Chance gekommen.

„Nummer?", fuhr ich ihn an.

Er haderte mit halb geöffnetem Mund. Dann verzogen sich seine dünnen Lippen und er grinste mich mit den entblößten Ruinen zweier maroder Zahnreihen an.

„Versuchen sie tatsächlich, einem alten Mann seine Nummer abzuluchsen? Niederträchtig!"

Er spuckte mir vor die Füße. „Hätten sie dem *Abgesandten* mal lieber besser zugehört!"

Sprach es und drehte an seinem Ohr, als hinge dort ein Hörgerät. Verschämt lächelnd ließ er seine Hand sinken. „Aber in ihrem Alter hätte mir auch die nötige Geduld gefehlt."

Er nickte dem Pförtner zu und sagte mit strammer Haltung gegen das Drehkreuz gelehnt: „Elf!"

Und passierte.

Ich stand sprachlos am selben weißen Fleck und versuchte – jetzt mit geschlossenen Augen – mir bewusst zu werden, wie ich in diese Situation geraten war.

Es war früh am Morgen gewesen, ich spät dran und hatte bereits meine Geduld verloren. Der Bus dreizehn Minuten zu spät, sechszehn Leute vor mir am Bahnticketschalter und im Hinterkopf neunzehn unbearbeitete Akten, die mein Chef heute noch hatte sehen wollen.

Ich hatte mir gesagt, nur, wenn ich den Schwierigkeiten und Leiden mit Gelassenheit und Standhaftigkeit begegnen konnte, war es möglich, einen Geduld ähnlichen Zustand zu erreichen. Also hatte ich meine Augen vor den Hindernissen verschlossen, hatte alles andere beiseite gedrängt und meinen Platz mit den Ellbogen behauptet. Nur noch das eine Gleis im Auge, circa fünfzehn Meter zwischen uns, tausendundeine Nacht autogenes Training ins Bewusstsein gerufen, die siebzehn Einheiten Laufband im Studio sicher nicht umsonst, die achtzehn Euros pro Woche auf keinen Fall fehlinvestiert.

Ich lief los.

Aber von einer zur anderen Sekunde hatte sich all das in reinstes Weiß aufgelöst. Und vor mir stand nur noch der blau uniformierte Pförtner am einzig geöffneten Schalter.

Ich musterte den Beamten. Er tat nur seinen Job.

Aber alte Menschen überboten mich. Selbst einen Frosch hatte man abgerichtet, um mir meine Grenzen vor Augen zu führen.

Konnte das sein?

Sicher, die Erklärung lag förmlich auf der Hand!

Man hatte mich auf dem Weg zur Arbeit abgefangen, mit Chloroform betäubt und mich unvorbereitet einem systemisch integrativen Couching-Seminar mit Führungs- und Leadership-Training für Einsteiger und erfahrene Führungskräfte in frei wählbaren Modulen ausgesetzt. Heutzutage konnte man nur so die Spreu vom Weizen trennen und man selbst die Nummer seines Rangs benennen.

Wenn also meine Geduld jemals auf die Probe gestellt wurde, dann jetzt.

Versagen war für mich keine Option. Ich straffte die Schultern und ließ die Zahlen vor meinem inneren Auge Revue passieren: den 7.8. meines Geburtsdatums, die Quersumme 9 inklusive Geburtsjahr, meine Größe, mein Gewicht und unter größtem Bedauern meinen Body-Mass-Index.

Schließlich sagte ich zu dem Pförtner: „Na gut, sie haben gewonnen. Mein BMI liegt noch immer bei 26."

Nachsichtig lächelnd schüttelte mein Gegenüber den Kopf und konzentrierte sich bereits auf die Gänsegruppe, die heran gewatschelt kam. Als die vierzehn Tiere hintereinander ihre Schnäbel öffneten, hielt ich mir vorsorglich die Ohren zu. Es war weniger Gequake als bei dem Frosch, dennoch markerschütternd.

„Hören sie", sagte ich zu dem Pförtner, der dem weißen Geflügel liebevoll hinterher winkte, bis die Truppe mit dem Weiß um uns herum verschmolzen war, „hier liegt eindeutig ein Missverständnis vor. Es gab weder einen Boten, noch einen Abgesandten, der mir eine Nummer für dieses Level genannt hätte. Nicht vor dieser Trainingseinheit."

„Einem Aggilus[8] unterlaufen keine Fehler", entgegnete der Pförtner, ohne aufzusehen.

Als er sich wieder hinter seinen Tresen setzte und ich einen tiefen Seufzer ausstieß, weil ich nicht wusste, ob ich die Berufsbezeichnung nachfragen, oder meine Energie auf das ungestillte Verlangen nach einem längst überfälligen Amoklauf richten sollte, nahm der Ausdruck auf seinem Gesicht einen beinah mitleidigen Zug an.

„Ein *Angelus*[9]?", sagte er betont langsam. „Wenn sie den beschreiben können, der seine Pflicht vernachlässigt hat, sie zu unterrichten, nehme ich ihre Beschwerde schriftlich auf", und nahm einen Stift zur Hand.

Geduld oder Ungeduld, das war hier nicht mehr die Frage.

„Bitte *wen*?", fragte ich fassungslos.

„Ihren Engel! Den, der ihnen nicht deutlich genug die Nummer ihres Eintritts genannt hat."

Der Uniformierte sah mich mit der großäugigen Unschuld eines Kindes an, als würde ihm in diesem Moment erst bewusst, dass es mich tatsächlich vollkommen unvorbereitet vor den Einlass zum unendlichen Weiß verschlagen hatte.

Mitleidig, vermutlich die Tragweite des Vorfalls erst jetzt erahnend, musterte er mich.

Und ich sah ein, dass man einen schmächtigen, weiß gekleideten Mann nicht zur Seite schubsen sollte, wenn man morgens, um viertel nach fünf, die Geduld verliert, und alle Rufe ignorierend über die Gleise rennt.

Aber wer kann denn schon ahnen, dass einen selbst im Himmel keiner ohne Nummer kennt?

Ich hatte immer geglaubt, an dieser Stelle meines Lebens – an seinem Ende – hätte ich die Gereiztheit überwunden.

Aber die Fähigkeit der Geduld ist schließlich eng mit der zur Hoffnung verbunden.

Und beides stirbt zuletzt.

Das weiß ich jetzt.

Das Märchen

Freitag, abends halb acht.

Es ist dunkel im Flur. In der Luft hängt noch der Duft von frisch Gebackenem aus dem Ofen.

„Ich will nicht ins Bett!"

Rosa sitzt auf der untersten Treppenstufe und hat ihr Kinn trotzig in die kleinen Hände gestützt.

Der schwache Schein der Lampe auf der Kommode fällt auf das goldbraune Haar ihrer Mutter. Mit strengem Finger zeigt sie die Treppe hinauf.

„Rosa", sagt sie, „treib es nicht zu weit!"

Ein Klopfen an der Haustür.

Das schummrige Licht flackert kurz auf. Die braunen Locken der Mutter wirbeln herum.

Rosa springt auf. Wieder ein Klopfen.

Die Mutter wirft einen Blick auf ihre kleine Tochter, löst sich nur widerwillig von dem Anblick der wilden Löckchen und den eigensinnigen blauen Augen.

Sie geht und öffnet die Tür.

Die Tür fällt wieder zu. Die Tante steht im Flur. Mit einem Mal wirkt er zu schmal, zu dunkel. Rosa wartet vor der ersten Treppenstufe.

„Das ist aber eine Überraschung", sagt ihre Mutter.

„Mit mir muss man immer rechnen", sagt Rosas Tante und wirft ihr schwarzes Cape wie eine Toga um ihre Schultern.

In dem winzigen Flur ist es viel zu warm.

Die Mutter lächelt und reckt sich der Tante entgegen. Sie umarmen sich. Rosa sieht, wie ihre Mutter unter der dicken schwarzen Wolle verschwindet. Ein schweres süßes Parfüm erfasst den Raum, begräbt den letzten Gedanken an Essen.

„Kommst du mit rauf?", fragt Rosa leise, stellt sich auf die Zehenspitzen, sucht in diesem dunklen Knäuel nach ihrer Mutter.

Im düsteren Flur sind nur noch Schemen zu erkennen.

„Rosa!", sagt die Mutter und taucht hinter der Tante auf, „Du sollst doch in dein Bett!"

Aber Rosa fasst neuen Mut.

„Vorher will ich meine Geschichte!"

Ihre Mutter stemmt die Hände in die Hüften.

„Wie heißt das?"

„*Bitte* …"

„*Du möchtest!*", sagt die Mutter.

„Lass doch die Kleine!"

Rosas Tante wirft die Hände in die Luft, die roten Nägel leuchten.

„Soll ich dir eine Geschichte erzählen?"

Groß und strahlend blond beugt sie sich zu der Kleinen hinunter. Rosa stockt der Atem.

Eine Riesin, denkt sie. *Warum habe ich das vorher nie erkannt?*

Die Dielen knarzen unter den spitzen roten Schuhen der Riesin.

Rosa weicht nur einen Schritt zurück. Sie sieht zu ihrer Mutter. Und stemmt die kleinen Hände in die Hüften.

„Ich will eine Geschichte aus meinem Märchenbuch!"

„Rosa!", ruft ihre Mutter.

„*Bitte* …", nuschelt Rosa.

„Du möchtest!"

„Lass doch!", sagt die Tante. „Ich bin gut im Märchenerzählen. Bei mir hat noch keine die Schlafenszeit verpasst."

Sie zwinkert Rosa mit ihren runzligen Augen zu und reckt ihr die spitze Nase entgegen. Neben den schmalen Lippen prangt eine fette Warze.

Rosa dreht sich um und steigt die Treppe hinauf.

Mit schweren Schritten setzt ihr die Tante nach.

In Rosas Zimmer brennt eine Lampe auf dem Nachttisch.

Ein kleiner Kobold hält grinsend seine Pranke um eine Lilie geschlungen. Das sanfte, weiße Licht der Blüte fällt auf Rosas Kissen. Sie kuschelt sich unter die Decke. Das Buch ist schwer, liegt neben dem Kobold auf dem Nachttisch.

Rosas kleine Hände mühen sich, den schweren Band der Tante entgegen zu recken.

Die Tante achtet nicht darauf und packt ihr Strickzeug aus. Sie schlingt einen dicken schwarzen Wollfaden um ihre langen dürren Finger. Dann um die silbernen Nadeln.

„Schneewittchen kann ich auswendig", sagt sie, ohne aufzusehen.

„Ich will das Märchen mit dem Schneider und den zwei Riesen!"

„Rosa!", ruft ihre Mutter von unten die Treppe herauf. „Ich kann dich hören!"

„*Bitte!*", ruft Rosa.

„*Du möchtest!*", ruft ihre Mutter.

„Lass doch!", ruft die Tante hinterher.

Sie lacht und streicht sich das blonde Haar hinters Ohr. Durch den Schein der Lilie wirkt es gelblich. *Unecht*, denkt Rosa und hält der Tante noch immer das Märchenbuch hin.

„Ich erzähl dir jetzt mal was über böse Stiefmütter, die sich kaum von bösen Schwiegermüttern unterscheiden", sagt die Tante und wendet sich wieder ihren Nadeln zu.

Rosa schnaubt. Ein Schwall des schweren süßen Parfüms steigt ihr in die Nase.

Warum kommt ihre Mutter nicht rauf?

„Eitelkeit in ihrer reinsten Form", sagt die Tante, „krankhafte Selbstbezogenheit, Selbstzentriertheit. Ich kann ein Lied davon singen!"

Sie fährt sich wieder durchs Haar und um die schmalen Lippen, das Rot auf dem spitzen Mund ist längst verschmiert. Etwas von der Farbe klebt auf ihren Zähnen.

„Lies mir ein Märchen aus dem Buch vor!", sagt Rosa. „Eins mit Riesen. Ich will von dem Königssohn, der sich vor nichts fürchtet, hören!"

Das hektische Klappern der Nadeln übertönt das Rumoren unten in der Küche.

„Rosa!", sagt die Tante.

„*Bitte* …", sagt Rosa.

„*Du möchtest!*", sagt die Tante.

Und Rosa erntet einen mitleidigen Blick der Riesin.

„Lass doch!", sagt die, „Ich erzähl dir von Hänsel und Gretel. Das kann ich auswendig. Ich kenn mich aus mit bösen Hexen, die um ihren Ofen einen Eiertanz machen, um jedes Krümelchen ihrer Lebkuchen und alles horten, was sie besitzen. Häuser, Söhne, Autos."

Die Tante wedelt mit den Armen. Die schwarzen Ärmel ihres Capes schwingen wie Fledermausflügel. Der Muff der Wolle durchdringt die letzte Luft im Raum.

„Ich will was von Riesen hören!"

Rosa schlägt mit dem Buch auf die Decke. Der Nachttisch bebt, die Lilie schwankt, das zitternde Licht streift dem Kobold übers Grinsen.

„Ich will das Märchen *Die Rabe* hören, wo eine Prinzessin als Rabe in einen dunklen Wald fliegt. Da kommen auch Riesen vor."

„Rosa!" Die Tante hält im Stricken inne und schaut auf.

„*Bitte!*"

„Du möchtest!", sagt die Tante und richtet eine der langen Nadeln auf Rosa. „Lass die Erwachsenen ausreden!"

Die Riesin senkt den Blick, nimmt langsam wieder die silbernen Nadeln samt schwarzem Faden auf und geht mit neuem Schwung an das Geklapper.

Rosa hält sich die Ohren zu.

„Ich erzähl dir Rotkäppchen", sagt die Tante. „Das kann ich auswendig. Ich kenn mich aus mit der Gefahr, die kleinen süßen Mädchen droht, wenn ihnen der böse Wolf schöne Augen macht, ins Ohr schmeichelt und dann doch nur sein Maul aufreißt."

Rosa trommelt jetzt mit ihren kleinen Fäusten auf den Buchdeckel.

„Ich will ein Märchen aus dem Buch hören! Ich will die Geschichte vom Boten des Todes hören!"

„Rosa! Wie kommt ein kleines Ding wie du auf so etwas?"

„Das war nicht ich. Das waren die Grimms[10]."

„Sei nicht so altgescheit! Und lüg mich nicht an!"

„Tu ich gar nicht. Das steht in diesem Buch. Da kommt der Tod zu einem Riesen und will ihn holen."

„Rosa!", ruft die Tante.

„Bitte!", schreit Rosa.

„Du möchtest!", brüllt die Riesin.

„Ich will eine echte Geschichte aus meinem Märchenbuch!"

„Rosa!"

Die Riesin erhebt eine Nadel. Die roten Nägel leuchten.

„Bitte!"

Rosa schleudert das Buch auf den Boden. Der Nachttisch bebt, die Lilie schwankt, das zitternde Licht streift dem Kobold übers Grinsen.

„Du möchtest!"

Die Riesin richtet drohend die Nadel auf das kleine Mädchen und reckt ihr die spitze Nase entgegen. Neben den schmalen Lippen zittert eine fette Warze.

Rosa fasst allen Mut, packt zu und entreißt der Riesin die Nadel.

„Lass doch!", schreit Rosa.

Und stößt ihr das lange Silber zwischen die runzligen Augen.

Der Körper der Riesin fällt, versinkt unter der dicken schwarzen Wolle.

Der schwache Schein der Lilie streift das Rot im gelblich blonden Haar.

Und das schwere Parfüm flieht aus dem Zimmer, weht hinunter zu den leisen Schritten.

Der Koffer

Koffer.

Große Koffer. Kleine Koffer.

Sie sind die echten Helden in unserem Leben, die Bewahrer, die Geheimnisvollen, die Verführer. In wie vielen Geschichten spielten sie bereits die wichtigste Rolle, die, die uns fesselt, dranbleiben lässt, weil wir ihr Geheimnis ergründen wollen.

Oder uns wünschten, sie wären samt ihres Inhalts unser.

Wie sie sich denken können, sind Koffer die wahre Leidenschaft meines Lebens, das, was mich morgens aus dem Bett holt und abends selig schlummern lässt, wenn mir einer von ihnen sein Inneres offenbart hat.

Nicht, dass sie denken, ich wäre ein Messie oder hätte sonstige Syndrome. Ich bin kein Mensch, der von seiner Sammelleidenschaft aufgezehrt wird. Ich bin vielmehr Kennerin, Verehrerin, weiß, Koffer in mein Leben zu integrieren. Sie ersetzen in meinem Zuhause alles Lebensnotwendige, oder haben lebenserleichternde Funktionen. Sie sind mir Schrank, Bett und Stuhl – Tisch, Regal und Arbeitsplatz. Sie sind meine Familie und ich würde sie nie für einen schnöden Einkaufsbuggy verraten.

Natürlich erkenne ich sie blind. Mit der Zeit hat sich zwischen uns eine enge Verbundenheit entwickelt, die sich in uneingeschränktes Verständnis und Vertrauen gewandelt hat. Ich kenne ihre perfekten Maße, jedes Scharnier, jeden Griff, jedes Geräusch, das sie von sich geben, wenn ich ihre Schale öffne. Ich bin zufrieden mit meinen Koffern, die mich seit vielen Jahren umgeben und begleiten.

Aber – und ich würde es nur zu gerne leugnen – das, was in letzter Zeit meine wahre Leidenschaft neu entfacht, ist ein mir fremder Koffer. Nicht nur einer, den jemand anderer sein Eigen nennt. Sondern einer, dem man die Beziehung zu seinem Träger ansehen kann. *Verkannte Einmaligkeit* nenne ich das.

Nicht, dass es auf unserer Erde ein einziges Exemplar gäbe, dessen Fabrikatfamilie, Modellname, oder Abmessungen ich nicht kennen würde. Aber es gibt sie, diese hintergründige Einmaligkeit.

Sehen sie es mal so: Sie küssen bestimmt auch nicht jeden, nur weil er braune Augen hat, wie etwa neunzig Prozent aller Menschen weltweit.

Ich eben auch nicht.

Es ist das Besondere, das uns anzieht, das, was man nicht benennen kann, das innere Geheimnis des Gegenübers.

Es war an einem Sonntag. Ein guter Tag, um in die Stadt zu fahren, sich in der Fußgängerzone in einem Straßencafé strategisch zu platzieren und auf die Lauer zu legen.

In größeren Städten kommen sie fast alle sonntags zurück. Nach Hause, fertig, ausgelaugt. Und wenn man Glück hat, wie in meinem Fall, führt der Weg vom Bahnhof direkt durch die Fußgängerzone, bevor sich ihre weiteren Wege zerstreuen.

Sie kommen zurück, waren unterwegs gewesen, um die dreckige Wäsche einer Fernbeziehung zu waschen, die jährliche Stippvisite bei den Eltern zu überstehen, oder um bei einem Wochenendseminar ein reizvolles Stelldichein mitzugestalten.

Alle kommen sie abgespannt daher gerollt oder hängen unwirsch an ihrem Träger. Und ich kann unbemerkt meine Blicke schweifen lassen, mich an ihrer neu geformten Verwegenheit ergötzen.

In diesem kurzen Moment des Vorüberziehens wären sie zu allem bereit. Das weiß ich. Und allein der Gedanke hat für mich etwas Erregendes.

An diesem besagten Sonntag schaffte ich es allerdings erst gar nicht zu meinem Aussichtspunkt. Den Kaffee musste ich mir versagen. Aber zu welchem Preis!

Was ich an diesem Tag gefunden habe, lässt sich vielleicht mit verzückter Offenbarung oder mit schlagartiger Glückseligkeit noch am ehesten umschreiben. Aber es erklärt nicht im Ansatz, was an diesem Tag tatsächlich mit mir geschah.

Es gab nur noch ihn. Den Einen. Einen perfekt geformten Koffer und seine makellose Unvollkommenheit. Er war kantig, an den Flanken abgewetzt, aber für sein offensichtliches Alter top in Schuss. Seine silbernen Beschläge funkelten wie aus einer anderen Zeit, ritterlich hielten sie das gegerbte Leder zusammen, das sich lädiert aber noch straff über seine großzügigen Maße spannte.

Er hätte mir Tisch sein können, oder Stuhl. Aber in diesem Moment dachte ich nur an das Kopfende meines Bettes, wie ich meine Wange an seinen Rumpf schmiegen würde, ich den Hauch Leder einsog, der ihn trotz all den Jahren noch umgab, er bereit, mir sein Innerstes hinzugeben.

Ich hatte gerade die Sonntagsausgabe am Kiosk erstanden und klemmte sie mir unter die Beuge, als die Dame mit ihm an mir vorüberzog. Wie versteinert starrte ich den beiden nach. Bis ich mich endlich in Bewegung setzte, waren sie schon Richtung Fernzüge entschwunden.

Dieser Koffer kam nicht an. Dieser drohte für immer aus meinem Leben zu entschwinden!

Also rannte ich los, die Zeitung fiel, Leute, die ich anstieß, riefen wütend hinter mir her. Aber in diesem Moment war mir all das egal. Und tatsächlich holte ich die beiden – Koffer und Trägerin – noch ein.

Trotz ihres eng geschnittenen Kostüms schritt die Dame großzügig aus. Und ich hatte weiterhin Mühe mitzuhalten. Aber glauben sie mir, ich spürte keine Anstrengung. Ich hatte nur Augen dafür, wie das Gewicht des Koffers an ihrer schmalen Hand zog, wie er mit ihrem hastigen Gang hin und her schwenkte. Und das Quietschen seiner Griffscharniere wehte herüber wie ein launiges Flüstern, als würde das Objekt meiner Begierde mir auffordernd zuzwinkern.

Der Zug, den die Dame offensichtlich erreichen wollte, war zu meinem Glück noch nicht eingefahren. Und so beobachtete ich, aus sicherer Entfernung, wie sie den Koffer neben ihren Füßen abstellte.

Diese Selbstsicherheit, als er den Boden berührte; dieser dumpfe Laut, mit dem er alle Blicke auf sich zog; dieser Stolz, mit dem er sich davon nichts anmerken ließ.

Mich überlief ein Schauer, als wären Weihnachten und Ostern auf ein und denselben Tag gefallen, feierliches Glockengeläut zur selben Stunde.

Der Dame hingegen war wohl kalt, denn sie rieb sich immer wieder ihre Hände. Der Morgen war tatsächlich noch jung und frisch und der Zug ließ auf sich warten. Mir hingegen wurde warm ums Herz, während ich darüber nachsann, ob dieser Koffer wohl einem sicheren Tresor gleichkam, der einen Schatz verbarg, ob er als stabiler Kasten eine wertvolle Fracht umschloss, ein schützender Behälter, der goldenen Ballast in sich trug.

Berauscht von all der Vorahnung, hatte ich die Einfahrt des Zuges verpasst. Ich schrak auf, als die Lok ins Horn stieß und die Waggons über die Schienen ratterten. Fast hätte ich durch einen Sturz meine Deckung hinter der Notrufsäule eingebüßt.

Ich klammerte mich gerade noch fest und sah, wie die Dame ihre Jackentaschen abklopfte. Vermutlich suchte sie nach ihrem Fahrschein. Als die Bremsen quietschten und der Zug schnaubend zum Stehen kam, zog sie aber stattdessen ein Taschentuch hervor.

Und ich sah meine Chance gekommen. Ich sprintete vor, schnappte mir den Koffer und rannte davon.

Schwerer als gedacht war dieser eine, besondere Koffer und seine Kanten schlugen fordernd gegen meine Beine. Nur das Gekreische hinter mir verlor an Stärke und ich rannte immer weiter, durch Straßen, die ich überhaupt nicht kannte.

Ich hielt schließlich an, als mir die Lungen brannten und die Sonne hinter grauen Wolken verschwand. Nässe überzog den Asphalt und ich sog gierig die kalte Luft in meine Nase. Verschwitzt, wie ich war, klebte die Kleidung auf meiner Haut und Kälte kroch mir in die Glieder – doch ich verspürte nichts als Glück. Reinstes, pures, atemberaubendes Glück, die wahrhaftige Erfüllung lang gehegter Träume.

Ich winkte mir ein Taxi ran und schaffte es nicht einmal, mich zu wundern, dass das in dieser üblen Gegend überhaupt möglich war. Die Erregung meinerseits war einfach zu groß.

Können sie sich vorstellen, dass ich dabei nicht *einen* Blick auf den Koffer geworfen habe?

Ich auch nicht!

Aber es war so. Die Liebe war so rein und unschuldig, wie die Begierde tief und ungezügelt war. Und als ich eine Stunde später zu Hause ankam, streifte ein verschämtes Lächeln den Spiegel im Flur, das ich so zuvor bei mir noch nie gesehen hatte.

Verzaubert lächelte der Spiegel zurück.

Ich trug diesen wunderbaren Koffer an meiner Seite ins Schlafzimmer und strich zärtlich über den lederbespannten Deckel. Da waren wir nun, nur wir beide. Verführerisch glänzten seine silbernen Beschläge im Zwielicht meines Zimmers. Zögerlich schmiegte ich mich an ihn, traute mich kaum, so kurz vor der Erfüllung meiner Träume, meinem Glück in die Augen zu schauen. Fragte mich, nur eine Sekunde, ob das wirklich sein konnte, ob ich tatsächlich mit dem höchsten aller Gefühle dahinschmelzen würde. Und ob ich, wenn er sich mir offenbarte, ich jemals wieder mit dem einfachen, schnöden Leben zufrieden sein würde.

Ich atmete tief ein, spürte mein Herz beben und dann, in einem kurzen kühnen Moment klappte ich seine Verschlüsse auf. Strich noch mal beruhigend über das weiche Leder, spürte seinen Vertiefungen nach, las blind aus seinem Leben, verstand, litt mit, verband mich.

Und dann, mit einem leisen schnarrenden Geräusch, gleich einem verzückten Seufzer, öffnete er sich mir. Sein Deckel glitt auf. Und ich sah hinein.

Glücksgefühle überschwemmten mich und mein Selbst drohte, darin zu versinken. Dieser Taumel!

Und doch wusste ich mit einem Mal, dass wir nicht füreinander bestimmt waren, nicht für immer zusammen sein konnten.

Sein Innerstes, das, was er vor der Welt verbarg, bewahrte er nur für einen Menschen, einen anderen Menschen.

Nicht für mich.

Und doch blieb diese eine Nacht unsere.

Voll wortlosem Verständnis und unschuldiger Leidenschaft.

Nachdem ich am frühen Morgen den Deckel des Koffers wieder geschlossen hatte, gab ich erst ihn im Fundbüro des Bahnhofes ab und danach mir selbst ein Versprechen:

Ich würde mich von jedem meiner Koffer trennen. Denn allein in dieser einen Nacht mit diesem fremden, wundervollen Koffer hatte ich endlich verstanden, worauf es letztendlich ankommt: nämlich auf den einzig Richtigen.

Ach, und falls es sie interessiert: Weder die Dame, noch den Koffer, habe ich jemals wiedergesehen. Und das Café in der Fußgängerzone hat seit einem Jahr geschlossen.

Außerdem habe ich mir heute nicht nur die Sonntagsausgabe gekauft.

Mit meinem frisch gedruckten Fahrschein stehe ich am Gleis der Fernzüge und schrecke doch tatsächlich auf, als die Lok in ihr Horn stößt. Die Waggons rattern über die Schienen und ich klammere mich an die Notrufsäule. Das Niesen beutelt mich und ich versuche vergeblich, ein Taschentuch aus meiner Jackentasche zu fischen.

Als die Bremsen quietschen und der Zug schnaubend stehen bleibt, hält mir eine fremde, makellose Hand ein Stofftuch hin.

Ich sehe in einmalig tiefbraune Augen.

Und was ich in diesem Moment erlebe, lässt sich vielleicht mit verzückter Offenbarung oder mit schlagartiger Glückseligkeit noch am ehesten umschreiben.

Die Wandlung

Vor gar nicht allzu langer Zeit, an einem Ort, der anderen sosehr gleicht, dass man ihn überall wiederfinden kann, lebte ein Mädchen, das sich vor der Dunkelheit fürchtete.

„Du bist mit dem Mond geboren", sagte die Mutter, „sein Licht begleitet dich. Du musst die Nacht nicht fürchten!"

„Und die Erde ist Zeugin", sagte der Vater. „sie behütet dich!"

Aber in einer besonders kalten und dunklen Nacht war kein Mond am Himmel zu sehen. Das kleine Mädchen fürchtete sich mehr als jemals zuvor. Es griff nach dem Lederbeutel, den ihm die Mutter genäht hatte und den es immer bei sich trug.

„Bewahre das Gute darin", hatte die Mutter gesagt. „Dann wird es dir an nichts fehlen."

Aber die Kleine glaubte, sie hätte nicht genug Gutes bewahrt. Warum sonst sollte das Böse sie holen wollen? Und so rannte sie aus dem Haus und vor ihren dunklen Träumen davon.

Rau war die Straße unter ihren nackten Füßen, frostig die Luft, ihr dünnes Nachthemd konnte sie nicht wärmen. Und der kleine Beutel klopfte heftig gegen ihre Brust. Aber sie lief immer weiter durch die unbeseelten Straßen in dieser tiefdunklen Neumondnacht.

Es dauerte nicht lange, da hatte sie sich verirrt.

Als sie den schwachen Schein einer Straßenlaterne entdeckte, blieb sie darunter stehen. Da kam ein starker Wind auf und aus dem Dunkel tauchte eine junge, wunderschöne Frau ins Licht.

„Komm näher Kind und zeig dich mir!", sprach sie.

Das Kinderherz schlug aufgebracht.

„Wer bist du?", fragte das Mädchen.

„Fürchte dich nicht!", entgegnete die Fremde. Ihr rotes Gewand schwang feurig durch die Nacht. „Ich erlöse dich von deinen Ängsten."

Sie breitete die Arme aus und öffnete ihr Gewand. Das Mädchen zögerte, doch es konnte der Wärme nicht widerstehen. Und so begab es sich in die fremde, wohlige Umarmung.

„Bitte", sagte es, „bring mich zurück nach Hause!"

Aber die Frau lachte nur, sodass der Umhang zitterte. Und das Kind mit ihm.

„Wie willst du mir entgehen?", fragte die Frau und riss hochmütig ihren Kopf zurück. „Meine Schönheit ist allen anderen überlegen. Du wirst sie alle vergessen und bleibst bei mir. Genau wie deine Jugend. Sie gehört nun mir!"

Zaghaft griff das kleine Mädchen in den Lederbeutel und zog eine Glasscherbe hervor, die an einem sonnigen Tag schimmernd auf seinem Weg gelegen hatte. Nun zerschnitt das Mädchen mit ihr das schwere, rote Gewand und befreite sich.

Fluchend packte die Frau sein weißes, dünnes Hemdchen.

Das Kind aber hielt ihr den Splitter entgegen. Und kreischend fuhr die Fremde zurück, als ihre eigene menschliche Gestalt zusammenfiel. Eine Schlange blieb von ihr, die das Mädchen samt seiner Angst nur noch tiefer in die Dunkelheit trieb.

Keines seiner Schritte war zu hören. Nur der Wind zerrte an seinem Haar, fuhr weiter klagend um die Häuserecken.

Bis die Kleine glaubte, das Heulen würde zu einer Melodie und sie könne Kinder singen hören:

Was dein ist, will ich haben,
will mich daran laben,
will es dir nicht sagen,
werd´ dich töten und vergraben!

Das Mädchen folgte den Stimmen. Und unter der zweiten

Laterne fand es vier Jungen, die um ein Murmelspiel stritten. Als es zu ihnen trat, sahen die vier auf und stierten neiderfüllt auf den kleinen Lederbeutel.

„Willst du mitspielen?", fragte der eine mit blassem Gesicht und zerzaustem Haar.

„Ich will nach Hause", sagte das Mädchen.

„Wenn du nicht spielst, gehörst du nicht dazu", sagte der andere und stand auf.

„Dann müssen wir dich verhauen", sagte der Dritte.

„Spiel mit mir!", rief der Vierte und zerrte an der Hand des Mädchens. Und alle vier streckten ihre Finger nach dem Beutel aus.

Da griff das Kind hinein und holte eine gläserne Murmel hervor, die Mitte eine violette Spirale. Sie war selten und für das Mädchen etwas ganz besonderes. Trotzdem warf es seinen Schatz den Jungen vor die Füße.

„Was dein ist, will ich haben!", sagte der Erste.

„Will mich daran laben!", rief der Zweite.

„Will es dir nicht sagen!", schrie der Dritte.

„Werd´ dich töten und vergraben!", knurrte der Vierte.

Die Jungen jaulten auf und verwandelten sich im nächsten Augenblick in räudige Hunde. Keifend stürzten die sich aufeinander. Und noch bevor das Licht der zweiten Laterne erlosch, hatten sich die vier gegenseitig aufgefressen.

Das kleine Mädchen rannte und hielt erst an, als unter dem glühenden Schein der dritten Straßenlampe ihr ein Pärchen entgegentrat.

„Bitte helfen sie mir!", rief die Kleine. „Ich habe mich verlaufen."

Aber der Mann und die Frau schienen sie nicht zu hören. „Das sagst du immer", rief die Frau und reckte die Hände in die Luft.

„Und du hörst nie zu", sagte der Mann.

„Du verstehst mich einfach nicht."

„Weil man es dir eh nie recht machen kann!"

Die Frau stieß dem Mann gegen die Brust. „Du kennst nur dich!", schrie sie.

Der Mann packte ihren Arm und schrie: „Mit dir hält es kein Mensch aus!"

„Bitte", sagte das Kind, „ich will nach Hause!"

Aber der Zorn hatte beide längst überwältigt. Und bevor sich das kleine Mädchen versah, scharrten die beiden mit Hufen und senkten die gehörnten Köpfe.

Da fasste das Mädchen wieder in seinen Beutel und zog diesmal ein rotes Tuch hervor. Aus dem Stoff hatte es zusammen mit der Mutter eine Schürze genäht. Jetzt warf es das übrig gebliebene Stück Stoff zwischen die Tiere.

Zwei Stiere stießen ihre Hörner hinein. Und dann, mitten im Gerangel, spießten die beiden sich gegenseitig auf.

Die Kleine fürchtete sich, wusste nicht mehr wohin. Fest hielt sie ihren Schatz umklammert und hastete weiter zu einer Bank, die im schummrigen Licht unter der vierten Straßenlampe stand.

Träge fielen die Strahlen auf den gedunsenen Leib eines kleinäugigen Mannes. Auf seinen prallen Schenkeln ruhte ein gewaltiges Federkissen.

„Bitte", sagte das kleine Mädchen, „helfen sie mir! Ich suche meinen Weg nach Hause."

„Ich kann nicht", entgegnete der Mann. „Ich habe zu tun."

„Was haben sie zu tun?"

„Ich raste, verweile, harre aus."

„Bitte!", sagte das Mädchen. „Ich friere und möchte nur noch nach Hause."

„Setz dich erst eine Weile zu mir", entgegnete der Mann. „Dann helfe ich dir."

Die Kleine war zu erschöpft, um zu widersprechen und setzte sich zu dem Mann auf die Bank. Augenblicklich überfiel sie eine Müdigkeit, gegen die sie sich nicht mehr wehren konnte. Und nachdem sie erst einmal die Augen geschlossen hatte, konnte sie sie nicht mehr öffnen.

Blind und träge fasste das Mädchen nach dem kleinen Lederbeutel. Verzweiflung überkam es, dass es die Eltern niemals
mehr wiedersehen würde. Und es bereute zutiefst, dass es von
zu Hause fortgelaufen war. Da spürte die Kleine, wie mit dem
Gedanken eine Last von ihr fiel und sie die Augen wieder
öffnen konnte.

„Jetzt helfen sie mir, bitte!", rief sie und sprang auf.

Aber der Mann war längst ergraut, sein Kopf vornüber auf
das Kissen gesunken und sein Atem rührte sich nicht mehr.

Das Mädchen musste erkennen, dass der Mann ihm nicht
mehr helfen konnte. Und lief verzweifelt davon.

Da stieß es unter der fünften Laterne mit einer alten Frau
zusammen. Deren Taschen fielen auf die Straße und verstreu-
ten ungezählte Dinge.

„Das gehört alles mir!", rief die bucklige Alte und richtete
ihren dürren Finger auf die Kleine.

Aber das Kind wollte bloß helfen, alles wieder einzusam-
meln.

„Fass nichts an!", schrie die alte Frau. „Du willst mich nur
bestehlen!"

„Ich will nur nach Hause", entgegnete das Mädchen.

Gierig raffte die Alte ihr Hab und Gut zusammen.

„Du machst mir nichts vor!", rief sie.

Und ehe die Kleine sich versah, hatte die Alte ihr auch den
Lederbeutel abgenommen.

Aber er war für sie das letzte Stück zu viel. Die Frau strau-
chelte und brach unter der Last zusammen.

Das Mädchen konnte nichts mehr für sie tun. Unglücklich
zog es seinen Beutel aus der leblosen Hand und eilte fort, bis
die Gasse ein Ende fand.

„Über die Mauer kommst du nicht", sagte der Junge.

Er saß davor und stopfte sich Kuchen in den Mund. Und
auf seinem Schoß balancierte er einen ganzen Berg mit Essen.
Grell schien die sechste Straßenlampe auf ihn herab. Un-

überwindlich ragten die Steine der Mauer vor dem Mädchen empor.

„Kennst du einen anderen Weg?", fragte es den Jungen. „Ich muss nach Hause."

„Nein", entgegnete der Junge.

Aber es klang eher nach *Nnh*, weil nichts mehr in seinen Mund passte und seine Wangen sich blähten und zu platzen drohten. Und tatsächlich stopfte ihm der nächste Bissen endgültig den Mund.

Traurig wandte sich die Kleine von der Mauer ab. Sie sah ein, dass sie auch dem Jungen nicht mehr helfen konnte. Genauso wenig wie den anderen, die ihren Weg gekreuzt hatten.

Mit dem allerletzten Funken Hoffnung folgte sie dem Schein der siebten Lampe, der zögerlich aus einer Seitenstraße fiel.

Den Mann, den sie darunter fand, war an einen eisernen Pfahl gekettet. Er vermied es, dem Kind in die Augen zu schauen.

„Hat sie ihr Hochmut in diese Lage gebracht?", fragte das Mädchen und rüttelte an seinen Ketten.

Aber der Mann schüttelte den Kopf.

„Dann hat sich ihr Neid gerächt?", fragte die Kleine und gab es auf, an seinen Fesseln zu zerren.

„Nein", entgegnete der Mann.

„Dann Zorn, Trägheit oder Habgier?", fragte sie.

Aber auch das verneinte der Mann.

„Gefräßigkeit kann es doch nicht sein", rief das Mädchen. „Sie sind viel zu dünn!"

„Nein", sagte der Mann, „ich bereue die Begierden, denen ich mich hingeben habe. Ich bleibe lieber in Ketten. Aber deinen Weg, den kann ich dir zeigen."

Er nickte hinüber, zur anderen Straßenseite.

Dankbar folgte das Mädchen dem Weg, den er ihm wies. Betrübt über das Schicksal des Mannes warf es einen letzten Blick zurück. Dann stand es mit einem Mal vor dem alten eisernen Tor eines Friedhofs.

Dahinter war ein Grab frisch ausgehoben und auf dem schwarzen Stein darüber prangte der Familienname.

Mit Grauen sah das Mädchen in die dunkle Tiefe.

Da geschah es, dass am nachtschwarzen Himmel der Mond aufging und sein Licht auf die Erde warf. Und auf dem Hügel hinter dem Friedhof konnte man mit einem Mal das weiß getünchte Haus der Eltern sehen.

Das Mädchen rannte über den Acker, über den Hügel, die Stufen zum Haus hinauf und hämmerte gegen die Tür.

Es war die Mutter, die öffnete, ergraut und ganz in Schwarz gekleidet.

Als sie ihre Tochter sah, schlug ihr Herz aufgebracht und sie rief: „Mein Kind! Gerade tragen sie deinen Vater fort!"

Und tatsächlich reihten sie sich in der Ferne auf zum Trauerzug.

Da fielen sich Mutter und Tochter weinend in die Arme.

„Was ist nur passiert?", schluchzte die Tochter.

„Das Leben", antwortete die Mutter.

Sie strich ihrem Kind über das lang gewachsene Haar.

„Nur für deinen Vater hat der Mond seinen letzten Lauf getan."

Und das Mädchen entdeckte im Spiegel hinter der Mutter, dass ihm das weiße Hemdchen längst zu klein geworden war.

So löste sich die Tochter aus der Umarmung der Mutter und sah hinauf zum Mond, der mit seinem silbrigen Licht auf sie herunter schien und erkannte, dass sie kein Kind mehr war.

Mit der Mutter verließ sie das Haus und gemeinsam folgten sie dem Trauerzug, um den Vater an die Erde zurückzugeben.

Und der, der durch die verschlungenen Wege des Lebens zu seinem Grabstein findet, liest, was dort geschrieben steht:

Nicht entschwunden, nur die Sünden verwunden,
Tod und Leben auf immer verbunden.
Es ist noch derselbe Mond, dieselbe Nacht –
Aus Blut und Erde ist der Mensch gemacht.
Das weiße Licht begleitet dich:
Die Erde ist Zeugin, behütet dich!

Der Tod
Substantiv, maskulin
[ˈtoːt]

"Nimm, o nimm die süße Spende und vergiss der Trauer
schwer!
Sprach der Rabe: Nimmermehr!"

Edgar Allan Poe[11]

Der Tanz

Ich schaue die Klippen hinauf, sehne mich nach Wärme –
meine Gefühle verdammt, die Worte verbannt, was bleibt
ist schweigende Atmosphäre.
Ich blicke ins Leben zurück: Unser Haus ist verlassen,
das Land geteilt, keine Wunde heilt, denn
Liebe ist Glut – den Frost kann ich nur hassen.
Das Meer ist wie der Himmel grau, die Wolken dahinter verstaut;
Gemüt längst erschlagen, Wellen haben kein Erbarmen,
Kälte brennt auf meiner Haut.
Die Seele, nun langsam erstarrt, wie die Hände auf dem Klavier ...

Mein Herz ist jetzt frei, doch der Reigen vorbei.
Tanz doch noch einmal mit mir!

Ich seh mich noch jetzt auf den Klippen stehn, die Möwen kreisen
– sie segeln hinab, schreien hinauf, jagen die Beute
anderer und speisen
mit mir unter Wasser, tauchen stumm hinab, schütteln
ihr weißes Gefieder. Suchen, versuchen es wieder
an den Gezeiten zu rütteln.
Das Meer, es schlägt hoch, es schäumt die Gischt,
das Nebelhorn klagt, durchdringt mein eisiges Grab –
alles, das bleibt, es tröstet mich nicht.
Die Seele, nun langsam erstarrt, wie die Hände auf dem Klavier ...

Mein Herz ist jetzt frei, doch der Reigen vorbei.
Tanz doch noch einmal mit mir!

Das Wasser, geheimnisvolle Substanz, geliebt und bezwungen –
beides dein Schatz, das Wunder verpasst, meine
Liebe mit mir auf den Grund gesunken.
Brandung, Strömung, Wellenschlag, der Stoff fließt,
um mich zu betören
und um mich herum, wer weiß schon warum?
Was ihm im Wege ist, kann er auch zerstören.
So wie du mich. Die letzte Möwe kreischt, setzt zur Landung an,
ruft die Kriegerin in mir! Zu lang ihre Zier, wer weiß
ob ich je wieder atmen kann …
Die Seele, nun langsam erstarrt, wie die Hände auf dem Klavier …

Mein Herz ist jetzt frei, doch der Reigen vorbei.
Tanz doch noch einmal mit mir!

Ich hatte einen festen Platz, bin gegen Grenzen gestoßen –
die Flut, sie steigt, ich bin bereit und doch …
Worum hast du mich betrogen?
Das Leben war hart, grausam die Zeit, deine Gelassenheit
beleidigte mich, Spuren zeugen in meinem Gesicht;
die Liebe floh längst in die Dunkelheit.
Doch weiß ich, ich kann verzeihen – dir, dem Leben einerlei;
selbst wenn die andere bei dir liegt, nie vergibt …
Der Mond zieht bald vorbei.
Die Seele, nun langsam erstarrt, wie die Hände auf dem Klavier …

Mein Herz ist jetzt frei, doch der Reigen vorbei.
Tanz doch noch einmal mit mir!

Einst war es Tag, wir an den Klippen, noch dämmerte die Nacht
— mein Inneres allein, das neue Leben zu klein,
gestohlen hast du seine Macht.
Lebensspender und Lebenshalter, deine Leidenschaft verloren;
mein Körper versenkt, die Tat verdrängt,
im Wasser tot und wiedergeboren.
Denn aus Chaos wird Leben, geht Wissen hervor, droht,
mich zu bezwingen. Mit einem Fisch zu ringen
heißt, das Selbst ist aus dem Lot.
Die Seele, nun langsam erstarrt, wie die Hände auf dem Klavier ...

Mein Herz ist jetzt frei, doch der Reigen vorbei.
Tanz doch noch einmal mit mir!

Spiegelbild im Wasser, versöhne meinen Schatten! Glocken läuten,
Ufer überschwemmt, Symbole gesprengt,
konnte die Gefahr nicht deuten.
Es war nur ein Stoß, deine Hände kalt und leer —
der Fall so tief, jeder Stein ein Hieb, ich klag
schon lange nicht mehr.
Der Schwarm kehrt zurück, kann seine Fülle riechen —
bewegt sich frei im Element. Die Zeit, sie rennt,
meine Hülle wird versiegen.
Die Seele, nun langsam erstarrt, wie die Hände auf dem Klavier ...

Mein Herz ist jetzt frei, doch der Reigen vorbei.
Tanz doch noch einmal mit mir!

Salz auf meinen Lippen, das letzte Leben schmecken –
Würze der Suppe, über mir die Kuppe, niemand
wird sie entdecken …
die Grausamkeit. Das Salz verringert die Löslichkeit
aller organischer Stoffe. Und ich hoffe, dass wenigstens
dieser eine Sinn mir bleibt.
Die letzte Prise werfe ich über meine Schulter, halte Gericht –
meine Wünsche zerrüttet, Salz verschüttet – dem
Teufel direkt ins Gesicht!

Die Seele, erstarrt, wie Hände auf dem Klavier …
Mein Herz ist frei, der Reigen vorbei.

Mit mir tanzt Du nimmermehr!

Das Herz

Er wird nicht kommen.

In der Ferne zuckte ein Blitz. Durchs fahle Licht schien die Insel. Das Grab war nass und leer. Sie drückte die Wange fester an das Glas. Der Schmerz kam wieder und die Kälte tat dagegen gut. Die letzten Stunden hatte sie ihn gezählt und jede Minute, die dazwischen lag. Jetzt nicht mehr.

Die Dunkelheit zog auf. Das Atmen war ihr unerträglich. Das Licht des Tages ergab sich der Finsternis und ein Donner rollte übers Land. Auf ihrer Stirn rang Schmerz mit Hoffnung. Allein dieser Streit war unentschieden.

Das Bett hatte er ihr ans Fenster rücken lassen. Das einzige Zeichen, dass es sie noch gab. Wusste er doch, wie viel ihr dieser Blick hinaus bedeutete.

Sie sah das Wasser, wie es sich schwarz um das Fleckchen Erde kräuselte. Fordernd schwappte der Flor über das letzte Grün. Dürr standen die Hölzer Spalier und dennoch schwang der Stolz in jedem Trieb. Mochte der Wind zerren, wie er wollte.

Der Schmerz stieß wieder gegen ihren Unterleib. Sie zwang sich, hinzusehen. Wohl wissend, dass die Alte schlief. Sie konnte ihr nicht helfen. Niemand konnte das.

Sie sah die Insel, wie sie in Dunkelheit versank.

In ihrer Mitte thronten still die grauen Steine. Mühevoll geschichtet, bis zu ihrer dünnen Spitze. War der Stein noch so rau und schroff, wurde er gezwungen, sich der geraden Silhouette zu ergeben. Vier Linien waren zu halten; hinauf, die Richtung weisend, wo es uns alle hin verschlägt.

Und das Spiegelbild der Pyramide zeigte streng nach unten. Nur die Schwäne zogen einst vorbei, als gäbe es keine Vergänglichkeit.

Ein Stöhnen riss sie zurück. Ihr Blick fuhr durch das Zimmer. Die Alte war es. Das Jammern gelang ihr selbst im Schlaf. Wie sie dort saß, aufs weiße Stühlchen ihr breites Fleisch gekauert, fuhr der Schmerz erneut durch alle Glieder. Mitleid hatte sie mit diesem Weib. Und mit sich selbst.

Trotz Gold, Brokat und all dem Wild auf grünem Öl war der Raum verlassen. Das Licht der Kerze flackerte. Der Wind drang jetzt durch jede Ritze. Das Gold der Ranken wucherte weiter, die Wände hinauf. Doch darunter atmeten die Steine Feuchtigkeit.

Der Regen wird kommen. Aber er nicht.

Sie lag auf weichem Lager. Im Bett, das sie sonst zusammen teilten. Von Stoff umflossen, wie es sonst nur das Wasser kann. Sie allein; und doch auch nicht. Ein Stich fuhr ihr durch das Herz. Sie lehnte die Wange wieder an das Fensterglas. Auch in der Erinnerung fand sich kein Trost.

Heilige Maria, Mutter Gottes, bitte für uns Sünder.

Er glaubte nicht; aber sie hoffte.

Sie hatte immer gehofft. Selbst als sie den ersten Schritt in dieses Bruchstück gesetzt und es doch besser gewusst hatte. Neunzehn Mal höher als ein einfaches Maß ragte der Turm in die Höhe. Und der abgebrochene Zinnenkranz nur Staffage; genau wie sie.

Sie hatte es gewusst. Und trotzdem. Die gewebten Frühlingsfarben der Tapeten hatten sie umschmeichelt, wie seine Worte. Der weiße Stuck hat ihrer Mutter wohl gefallen. Doch viele zarte Füße schritten über das verschachtelte Parkett, prahlerisch bauschten sich Röcke auf der Ottomane. Wie viele Augen hatten mit ihm das Grün des Baldachins entdeckt?

Sie ahnte es nur. Und doch war sie allein; auch wenn zwei Herzen schlugen.

Erneut ein Blitz. Der Donner grollte. Gefiederte Seelen stoben aus den Ästen auf.

Wo würde ihre landen?

Ein Schrei durchbrach die Stille. Es war ihr eigener. Mühevoll hatte sie ihn unterdrückt und jetzt wollte er nicht mehr enden. Die Alte war sofort auf ihren Beinen, wankte auf den krummen Waden zu ihr hin. Sie griff nach ihrer Stirn, dem Bauch und weiter noch nach unten. Jeder Handgriff von Jahrzehnten in die Schwielen eingebrannt.

Die Hölle schien ihr näher.

Der Regen schlug die Mauern. Das Prasseln rauschte in den Ohren. Im Kamin, am andern Ende, stob die Kohle auf. Heiß war ihr. Der Schmerz brannte im gedunsenen Leib.

Aber den Blick wandte sie nicht ab. Nichts brachte sie davon los.

Nur noch erahnen ließ sich das Andenken an ein junges Leben; dort draußen auf der Grabmalinsel. Für ihn wäre *er* gestorben. Jetzt wusste sie, warum.

Schreie krampften ihre Kehle, das Rückgrat brach ihr fast entzwei. Ihr Körper bäumte sich dagegen und die Alte drückte ihn zurück. Und doch musste es so sein.

Der Becher drängte gegen ihre Lippen.

„Trink, Christine!"

Bitter rann es durch die Kehle. Hinunter schluckte sie die Angst.

Zwölf Lenze, für immer verloren. Nur sieben davon am guten Brunnen. Und doch alles ihm geweiht.

Memoria Friderici Sacrum[12].

Sein Herz verstaut in weißem Marmor, ruht auf schwarzem Stein. Eiserne Stäbe halten das Gedenken. Auf jeder der vier Seiten. Nicht nur diese Insel, das ganze Bad war diesem Tod geweiht. Nicht seinem.

Ob er es wusste? Sie hätte es gerne noch erfahren.

Doch in ihr drängte es. Es blieb keine Zeit. Die Hitze schwoll stetig an, Ruß brannte in der Nase. Sie roch die Angst, die den Raum erfüllte und tastete nach dem goldgefassten Bild um ihren Hals. *Er* war es, den sie immer bei sich trug.

Da gab ihr Körper nach. Feucht rann es ihr die Beine hinab. Das Leben drängte; und ihre ganze Kraft gab sie ihm mit.

Die Dunkelheit legte sich nieder. Kein Licht. Kein Schrei. Nur Hoffnung.

Da stand er in der Tür, hochaufgerichtet. Das grüne Wams klamm an seine Knie geschmiegt. Königlich schritt er durchs Zimmer. Sie hatte seinen Namen auf den Lippen: *Wilhelm.* Wusste aber nicht, ob er sie hören konnte.

Sie sank zurück. Die Augen schlossen sich. Verschwunden waren Furcht und Schmerz.

Sie hörte noch den Schrei des Kindes. Und ein letzter Blick gelang der Mutter. Sie sah den Spross in seinen Armen. Den Mund weit aufgerissen, begrüßte er von dort das Leben.

Das Bild nahm sie mit sich fort.

Ein Herz wird weiter schlagen.

Wo ihres schläft, ist ungewiss.

Das Versprechen

An einem Freitagabend nahm Peggy Seeger ihren besten Mantel aus dem Schrank, ging zum nahe gelegenen Friedhof und legte sich auf eine schwarze Marmorplatte.

Der Friedhofsgärtner, der sie am frühen Samstagmorgen fand, konnte keine Zeichen eines Selbstmordes entdecken und beteuerte, er habe das Mädchen nicht angefasst. Sie hätte einfach friedlich da gelegen; mit gefalteten Händen.

Er selbst schloss Unterkühlung aus. Die Nächte waren viel zu mild für einen Herbst und dieser viel zu früh. Und schließlich trug sie einen dicken Mantel.

Die Polizei, die sie für tot erklärte, pflichtete ihm bei. Auch sie konnte keine Spuren eines gewaltsamen Todes entdecken. Der Körper war noch nicht lange kalt. Man stand vor einem Rätsel.

Der Mutter sagte man, ihr Kind liege in der Leichenhalle und sie möge sie doch bitte identifizieren. Ein Arzt musste sie ruhigstellen. Er kannte Mutter und Tochter gut. Angesehene Leute in der kleinen Gemeinde.

Peggy wäre ein ruhiges Kind gewesen, meinte der Arzt, während er gelassen eine Spritze aufzog und durch behände Bewegungen sein Alter wettmachte. Ein wenig zartbesaitet fügte er an, aber sonst bei bester Gesundheit. Sie hatte den Vater recht früh verloren und war vermutlich aus diesem Grund von einer Art Schwermut umgeben, die sich aber niemals anders geäußert hätte, als durch Ernsthaftigkeit.

Das bestätigte auch ihre Lehrerin. Eine verständnisvolle Person mittleren Alters, deren hochtoupiertes Haar und schwarze Hornbrille jedem Klischee entsprachen.

Nein, viele Freundinnen hätte sie nicht gehabt. Aber das kam vor in diesem Alter. Da trenne sich die Spreu vom Weizen. Und während die einen hinter den Jungen her wären, wie der Teufel hinter armen Seelen, so wüssten die anderen schon früh um den Ernst des Lebens.

Peggy hatte zu Letzteren gehört, meinte sie und zog sich den schmalen, grauen Rock gerade. Und unter denen war sie noch die Beste. Sie war sehr fleißig und strebsam. An Aufmerksamkeit habe es ihr nie gemangelt und das Betragen wäre vorbildlich. Ordnung hatte sie gehalten. Auf ihrem Tisch und in ihrem Leben. Soweit sie das als einfache Lehrkraft beurteilen dürfe.

Die Mädchen auf dem Schulhof waren völlig ahnungslos und schauten betreten zur Seite. Man wusste nicht viel über Peggy, außer, dass sie genau wie alle anderen auf ihren Abschluss hin fieberte. Was sie hätte werden wollen, wussten sie nicht. Auch nicht, mit wem sie sonst verkehrte.

Gestern, sagte eins der Mädchen, das soviel Schminke aufgetragen hatte, dass es einer Puppe ziemlich ähnlich kam, hätte Peggy auf einer der Bänke gesessen und gewartet. Auf wen wusste keine. Man hatte angenommen, auf einen Jungen. Denn sie hätte sich zurecht gemacht an diesem Tag. Für ihre Verhältnisse. Sie sei zwar recht hübsch anzusehen gewesen, hätte aber nicht verstanden, mehr daraus zu machen.

Dann gingen drei von ihnen zu der Bank auf dem Hof und zündeten eine Kerze an. Und eins der Mädchen brachte mit viel Anstrengung eine Träne hervor.

Es war der Tag zuvor. Am frühen Nachmittag.

Peggy ging über den Schulhof und setzte sich vorsichtig auf die Holzbank. Sie wollte den neuen weißen Rock nicht schmutzig machen, der gut zur dunkelblauen Bluse passte. Beides hatte sie heute angezogen, weil es ihrer Mutter gut gefiel. Eigentlich zu offenherzig für den Herbst, aber die goldbraunen, fein gewebten Strümpfe hielten warm. Sonnenstrahlen fielen durch das rotbraune Laub der Esche hinter ihr und malten Schattenmuster auf die Hände. Heute würde es Geschenke geben. Aber vermutlich nicht mehr als eine Kerze. Alle anderen passten nicht mehr auf den Kuchen.

Aber Peggy eilte sich nicht.

Vielleicht fiel es der Mutter gar nicht auf, wenn sie nicht nach Hause kam.

Tatsächlich sah die Mutter seit Langem durch sie hindurch. Und wenn sie doch mit Peggy sprach, dann fuhr sie mit den Händen in der Luft herum und ihre Schritte zogen mal hier hin, mal dorthin. Bis sie still auf irgendeinem Möbel kauerte, mit zittrigen Fingern zum Telefon griff und den Arzt anrief.

Der kam und brachte wie immer seine Spritzen mit. Häufiger in letzter Zeit. Und mit jedem Mal dauerte es ein wenig länger, bis sie die verschlossene Tür aufsperrten und beide dahinter zum Vorschein kamen. Die Mutter vorne weg, ruhig, aber entrückt. Der Arzt dahinter, die Ärmel herunterrollend. Er trotzte nur kurz Peggys Blick, während ihre Mutter den Ausschnitt ihrer Bluse zusammenraffte. Dann packte er eilig seine große Ledertasche und verließ das Haus.

Peggy sah in die tief stehende Sonne und presste die Lider zusammen. Bunte Punkte tanzten in ihrer Dunkelheit. Fangen müsste man sie können, dachte sie, und in ein Glas sperren für schlechte Zeiten.

Sie horchte auf den Wind, der die goldenen Blätter der Esche tanzen ließ. Sie spielten ihre ganz eigene Musik. Und zusammen mit den Krähenrufen wurden sie zu einer rauen, wundersamen Sinfonie.

Peggy öffnete die Augen. Vor ihr stand noch immer das betagte Schulgebäude. Die dunklen Steine waren nach allen Seiten verbaut. Wie ein mächtiges Heer, ohne ein einzelnes Gesicht. Die leeren Fensterhöhlen glotzen sie an und das hohe Tor war ähnlich einem Maul, das sie verschlingen konnte. Davor das rissige Kopfsteinpflaster, das sich kaum unterschied vom restlichen trüben Stein. Und das Unkraut zwischen den abgewetzten Pflastersteinen, schon gelblich braun, wucherte trotzdem auf sie zu.

Peggy stellte sich trotzig auf.

Sie verließ den Schulhof und ging, bis am Horizont der bucklige Friedhof auftauchte.

Rot glühend schichteten sich die Wolken zu mächtigen Bergen, türmten sich über der Steinmauer. Die Sonne bahnte sich Pfade und blitzte durch das Flügeltor. Dessen schwarze Streben waren aus dickem Eisen geschmiedet und ließen nur die ein, die sich mit aller Macht dagegen stemmten. Rostige Blätterschlingen wanden sich an ihnen hinauf und endeten in Pfeilen, die zu den Wolken zeigten.

Peggy stieß das Tor auf und betrat den gesegneten Ort, ohne sich umzuschauen.

Vor ihr eine Holzbank in der Sonne. Nur, dass der Blick hier ein andrer war und die Esche sehr viel älter.

Peggy setzte sich vor die Reihe betagter Gräber. Zwischen ihnen klafften junge Lücken; von denen, die ihre Zeit schon überschritten hatten. Und das Herbstlaub lag darum verstreut wie lustige Girlanden. Rote Kerzen ragten als Irrlichter daraus hervor und leuchteten im Moment noch allein durch die Strahlen der Sonne.

Nicht mehr lange, und die feurige Kugel würde untergehen. Dann tauchen die Flämmchen in der Dämmerung auf und erhellen die Hügel, wie die unzähligen Sterne den Himmel.

Peggy saß unter dem länger werdenden Schatten der Esche und wurde es nicht satt, die Steine zu betrachten. In allen Formen strebten sie nach oben und trugen mit Stolz die alten Namen.

Sie saß auch noch, als die Lehrerin am Tor vorüberkam. Sie ging ins Pfarrhaus, den Kopf gesenkt, ohne sich nur einmal umzudrehen. Erst gestern hatte Peggy sie hier gesehen. Und bestimmt die Woche schon davor.

Unterdessen folgte die Sonne weiter ihrer Bahn herunter und Peggy beschloss, den Vater zu besuchen. Sie stand auf und sah schon von Weitem die weiße Madonnenskulptur.

Betend hatte diese die Hände geschlossen. Den marmornen Kopf geneigt, das Haar verschleiert; Brauen, Nase und Lippen genau aus dem Stein herausgehauen. Nur an der Stelle, wo Augen sonst das Tor zur Seele öffnen, klafften zwei dunkle Monde. Moos fraß sich in sie hinein und zog eine Spur über das erstarrte Kleid, tropfte auf die nackten Füße.

„Schade, dass du schon gehst", sagte eine Stimme zu Peggy.

Verdutzt sah sie auf den Jungen neben sich. Sie hatte ihn nicht kommen hören.

Jetzt saß er auf derselben Bank wie sie. Mit verschlissener Hose und rostbraunem Haar. Er trug kein Hemd. Nur eine schäbig graue Jacke.

„Vielleicht sehen wir uns morgen wieder", sagte er.

Mit bleichen Wangen drehte er sich fort und verbarg die dunklen Augenhöhlen.

Peggy setzte sich wieder auf das warme Holz der Bank.

„Ich besuche meinen Vater", sagte sie.

Der Junge sah noch immer über seine Schulter und Peggy reckte sich, um zu entdecken, nach was er schaute. Plötzlich wandte er den Kopf zu ihr. Und Peggy blickte in blaue Augen, lichter wie ein Wintertag.

„Fast hätte ich gedacht, du sprichst mit mir", sagte er.

Hinter ihm, mehr als einen Steinwurf weit entfernt, duckte sich der Friedhofsgärtner. Wie ein Wiesel schlich er über den trocknen Boden. Blieb mal hier, mal da, unbewegt stehen, und spähte um die alte Mauer.

„Mit ihm sicher nicht", meinte Peggy.

Der Junge schwieg.

Sie rieb einen Zipfel ihres Rocks zwischen ihren Fingern.

„Frierst du nicht?", fragte Peggy in die Stille hinein. „Noch ist es warm genug, aber die Jacke allein, wird dir bald sicher nicht mehr reichen."

Der Junge starrte sie mit seinen eisblauen Augen an. Die Haut darum farblos. Nur die blauroten Lippen zu einem leichten Lächeln verzogen.

„Du sprichst mit mir, nicht wahr?", fragte er.

„Du bist so blass", bemerkte Peggy. „Geht es dir nicht gut?"

„Ich habe dich schon oft hier sitzen sehen", sagte er.

Da ging die Tür zum Pfarrhaus auf.

Die Lehrerin trat aus der Dunkelheit, hinaus ins schwache Sonnenlicht. Sie blieb auf der ersten Stufe stehen, ließ ihren Blick über den Friedhof schweifen und zog ihren grauen schmalen Rock nach unten. Dann fiel ihr Blick auf Peggy.

Sie sah ihr in die Augen. Und tat doch, als schaue sie woanders hin, eilte dann die Stufen herunter und verschwand hastig hinter dem eisernen Tor.

„Ich sehe viele Menschen", sagte der Junge. „Manche haben Glück und finden, was sie suchen."

„Du suchst etwas?", fragte Peggy und hielt den Kragen ihrer Bluse zusammen.

„Dir ist kalt", bemerkte er. „Deine Lippen sind kaum mehr rot. Hier, nimm meine Jacke."

„Das geht nicht!", sagte sie, „Dann holst du dir den Tod!"
Er schwieg.

Und der Friedhofsgärtner schlich in eine andere Ecke.

Der Junge zog sich die Jacke von den Schultern und legte sie sanft in Peggys Hände. Sie nahm das graue Ding, dessen Stoff viel weicher war, als sie gedacht hatte.

Da wehte der Wind die Stimmen der Mädchen herüber.

Der Junge schaute sich um und Peggy sah auf seinen nackten Rücken. Bleich war der, wie seine Wangen. Das Rückgrat stach hervor, Wirbel für Wirbel. Und links und rechts davon, zwei Wunden. Halbmondförmig, dick und grindig, sahen sich die offenen Seiten an, als spiegele eine die andere.

„Du bist verletzt!", rief Peggy und streckte ihre Hand danach.

Der Junge sah beschämt auf seine Hände.

„Das sind alte Wunden", sagte er.

„Was ist passiert?"

„Ich habe mir genommen, was mich belastet hat."

„Du meinst, du warst entstellt?", fragte sie.

„Jetzt weiß ich, dass es nicht so war", sagte er. „Und weiß auch, was ich verloren habe."

Peggy wusste nicht, ob sie weiter fragen sollte. Seltsam war ihr die Verbundenheit mit diesem Jungen.

„Bleibst du heute Nacht hier bei mir?", fragte er mit einem Mal.

„Willst du nicht nach Hause?"

„Morgen", antwortete er. „Heut nicht mehr."

„Das kann ich gut verstehen", sagte Peggy und reichte ihm seine Jacke.

„Du wirst nicht wieder kommen", sagte der Junge.

„Ich hol nur meinen Mantel", entgegnete sie. „Es dauert auch nicht lange."

Sie sah in seine blauen Augen und flüsterte:

„Ich *verspreche* es."

„*Promitto[13]*", sagte der Junge.

Sie ging den Weg zurück, trat vor das Eisentor und sah an der Mauer die Mädchen stehen. Zwei von ihnen zündeten sich Zigaretten an. Sie ignorierten Peggy, rückten eng zusammen und lachten ungeniert.

Im selben Moment kam der Gärtner um die Ecke und richtete sich zur vollen Größe auf. Zwei der Mädchen rannten fort. Die Dritte schaffte es nicht mehr. Sie warf den glühenden Tabak auf den Boden und verscharrte ihn, so gut es eben ging.

Dieses Mädchen, dachte Peggy, sieht aus wie eine meiner Puppen.

Der Gärtner aber schmunzelte und zwinkerte mit seinen kleinen Wieselaugen. Dann griff er in seine Hosentasche, beugte sich hinunter und hielt dem Mädchen eine neue Zigarette hin.

Das Mädchen nahm sie zögerlich und lächelte.

Peggy eilte die Straße zurück. Niemand hielt sie auf.

Auch die Mutter nicht.

Die Sonne versteckte sich gerade hinter den Hügeln, als Peggy wieder durch das Eisentor des Friedhofs schritt.

Der Junge kniete zwischen den alten Steinen, an einem Grab mit blanker Platte. Der glatte, schwarze Marmor fiel durch sonst nichts auf, selbst das rote Leuchten fehlte.

Peggy ging hin und kniete sich neben den Jungen.

„Ich wollte erst mit meinem Vater sprechen", sagte er.

„Hast du es dir anders überlegt?", fragte Peggy.

„Nein", entgegnete er ihr, „alles ist gut. Er war nie fort."

Die Sonne hatte den letzten Hügel überwunden. Die goldbraunen Schatten wurden zu einem kalten Grau und mit einem Mal legte sich die Dunkelheit darüber.

Nur die Flämmchen der roten Lichter zeigten an, wo einmal Leben gewesen war.

„Ich bin müde", sagte Peggy.

„Ich weiß", sagte der Junge und breitete seine Arme aus.

Er stützte seinen Rücken an den schwarzen Marmorstein und sie lehnte sich gegen seine Brust, fühlte die Wärme, die der dunkle Stein unter ihr gespeichert hatte.

Ihre Lider wurden schwer. Sie schloss die Augen und spürte die Arme des Jungen noch deutlicher um sich. Leicht, wie eine zarte Federdecke.

Und sie sah nicht mehr auf.

Sie schwebte hinein in ihre Träume, genoss das Weiß, das sie umgab wie eine Flügelschar.

So, dachte sie, sollte es für immer sein.

Und folgte ihrem Traum, ohne sich noch einmal umzuschauen.

Eine Woche später sah man eine schmale Gestalt auf den Friedhof gehen. An Peggys Grab hielt sie an und beugte sich hinunter. Die Schleife im hochtoupierten Haar verrutschte ein wenig. Die dunklen Gläser der schwarzen Brille reflektierten nichts.

Einen Eschenzweig hielt die zitternde Hand und legte ihn auf das mit Blumen bedeckte Grab. Dann ging die Gestalt wieder hinaus, am Pfarrhaus vorbei, ohne sich danach noch einmal umzusehen.

Auch an der Schule hielt sie nicht an.

Die drei Mütter, die dort standen, sprachen leise miteinander. Den Arzt hatte man angezeigt. Das Wort Gefängnis fiel.

Der Arzt aber tat, als ignoriere er die Lappalie. Bis er in einer regnerischen Nacht den Ort verließ.

Es war sein Auto, das man zwei Tage später in einem Straßengraben fand.

Die Beamten, die das Auto bargen, holten schließlich auch den Gärtner ab. Eins der Mädchen hatte über das Wiesel ausgesagt. Bittere Tränen zerstörten ihr hübsches Puppengesicht.

Der Gärtner selbst erhängte sich am nächsten Tag in seiner Gefängniszelle.

Die Mutter stellt eine weiße Kerze auf das Grab.
Eine Madonna reckt betend ihre Hände hin.
Ruhig berührt die Mutter die kalte Marmorplatte.
„*Promitto*", sagt sie.
Dann nimmt sie Platz auf der Holzbank unter der Esche.

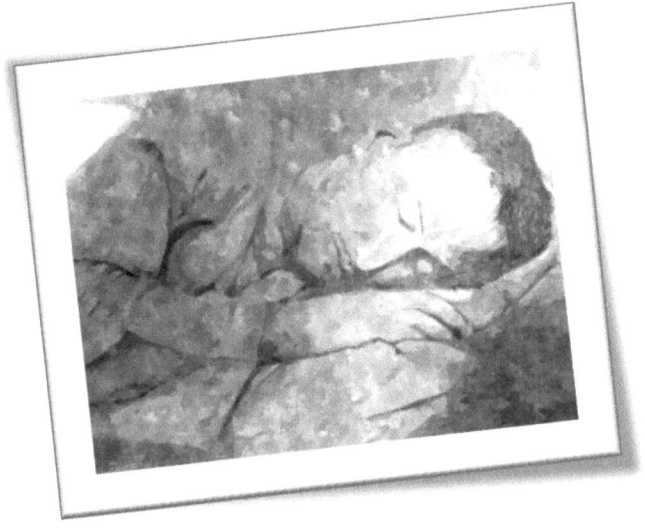

Das Geschenk

Ich bin nicht wählerisch. Wenn mir das Glück vor die Füße fällt, hebe ich es auch auf. Meistens passt es in eine Hosentasche und geht vergessen.

Dieses aber hockte in einem Schaufenster der Einkaufsstraße hinter dem Hauptbahnhof. Ich war vom lärmenden Gestank der Gasse derart mitgenommen, dass ich erst gar nicht wusste, was meinen Blick an das Schaufenster bannte.

Ich blieb stehen und sah hinein.

Und sofort blieb mein Blick an seinen Rundungen hängen. An seiner gelassenen Geste, etwas in der Hand zu halten, seinen fetten Leib der Welt zur Schau zur stellen.

Die höhnisch grinsende Fratze des fleischig, alterslosen Mannes stieß mich auf Anhieb ab. Wie er dort selbstgefällig saß, bewusst, dass sich alle Welt von ihm Glück und Frieden versprach.

Ich musste weitergehen. Rang aber mit mir, stattdessen den Laden zu stürmen und die Person im Verkaufsraum mit heftigen verbalen Mitteln zur Vernunft zu bringen, sodass sie diese dicke Abscheulichkeit aus der Auslage entfernte.

Ich tat nichts dergleichen. Und ging weiter.

Mit Einsatz meiner Ellbogen kam ich zwar durch die Straße, verpasste aber letztendlich meinen Zug. Drei Stunden statt der gewohnten einen zuckelte ich in einem überhitzten Bummelzug durch mir unbekannte Stadtteile.

Zuhause wuchs mein Ärger schließlich ins Unermessliche. Die Weiten des Weltalls schrumpften dagegen zu einer Dorfgemeinde im hinteren Mittelgebirge.

Und mein Nacken schmerzte.

Erst am nächsten Morgen, als ich die Zeitung aufschlug, erfuhr ich von meinem verpassten Zug. Durch falsch gestellte Weichen war er von seinen Schienen abgekommen und mit einer Rangierlok zusammengestoßen. Etliche Schwerverletzte blockierten jetzt die Notaufnahmen. Zwei von ihnen rangen mit dem Tod.

Der Nackenschmerz meldete sich wieder und beschloss nun, meinen Rücken hinunterzuziehen. Der Versuch, aufzustehen, wurde durchkreuzt und endete mit weiteren Flüchen.

Ich rief den Notarzt an. Er kam und rammte mir mit dem Feingefühl eines Metzgermeisters a. D. eine Spritze ins Gesäß. Dann meinte er, es sei noch nicht vorbei, verschrieb mir drei Massagen und ließ es sich nicht nehmen, mir viel Glück zu wünschen.

Ich reichte gleich am nächsten Tag meine Krankmeldung ein und schleppte mich zum Physiotherapeuten. *Er* war eine *Sie* und empfing mich mit dem abgestumpften Lächeln einer falsch Berufenen. Sie deutete zur Anmeldung. Termine gäbe es nicht wie Sand am Meer und wären frühestens wieder in zwei Wochen zu haben.

Ich humpelte zum Empfang. Doch dort verweigerte mir eine zu kurz geratene Gewitterhexe vorerst ihre Aufmerksamkeit. Ich musste warten und klammerte mich an den Tresen. Dort saß er wieder, zwischen Duftkerze und Räucherstäbchen. Dick, wuchtig, mit nackten Füßen und noch immer höhnisch grinsend.

Nicht, dass wir uns falsch verstehen. Geschlechtslose Kinder, die halb nackt und scheinheilig grinsend ihre winzigen Flügel keck nach oben recken, waren mir ebenfalls zuwider. Als ob sie damit fliegen könnten. Aerodynamisch völlig unmöglich.

Ich starrte auf das Perlenbändchen und den läppischen Beutel in seinen wurstigen Fingern. Die nackten Füße im rechten Winkel. Einen aufgestellt den anderen abgelegt, als würde es ihm Erleichterung verschaffen.

Träum weiter, dachte ich, *du bist einfach zu fett.*

Und seine nackte Brust über dem Bauch auszurollen ist einfach nur hässlich.

Ich bekam schließlich einen Termin in zwei Wochen und humpelte davon.

Die Schmerzen nahmen derweil zu. Eine neue Krankmeldung wurde weitergereicht und ich richtete mich zu Hause ein.

Drei Tage später, ich schlug wieder mal die Zeitung auf, fiel mir der Toast aus meiner Hand. Ich wischte die Marmelade von der Druckerschwärze und las die Schlagzeile:

Praxis abgebrannt.

Die Praxis, die in zwei Wochen in meinem Kalender stand. Man verdächtigte die Duftkerze. Aber der Hersteller verwies auf das warnende Etikett. Was dem letzten Patienten an diesem Tag wohl nichts mehr nutzen dürfte.

Ich bekam wieder Nackenschmerzen, Rückenschmerzen, die ins Bein zogen und weitere Spritzen, die nichts halfen. Schließlich wurde mir eine Kur verschrieben. Urlaub im Südosten des Landes.

Es könnte schlimmer kommen, dachte ich und fügte mich der Heilanstalt samt ihrer Gesundheitsregeln. In einem zu kleinen Bademantel und übergroßen Frotteeschlappen schlitterte ich in die Wohlfühloase. Vielleicht hätte ich dort noch geflügelte Schweine in Lederhosen erwartet. Aber nicht die schicke Eleganz des Nichts mit spärlich arrangierten Bambusstangen.

Ich griff zwei Handtücher aus einem weiß lackierten Holzregal und schmiss ihn beinahe um. Der fette Mann aus weißem Porzellan hockte dort tatsächlich zwischen weißem Frottee und klotze mich höhnisch grinsend an. Sein Maul stand lauthals lachend auf. Soweit, dass ich die gezackten Zähnchen erkannte. Die Zunge lag wulstig dazwischen, genau wie der Bauch zwischen seinen Knien.

Gemobbt wandte ich mich ab und packte meine Koffer. Die Entspannung war dahin.

Ich fuhr nach Hause und legte mich ins Bett. Denn die Schmerzen wurden schlimmer und behielten mich im Griff. Diverse Verwandte wechselten sich mit ihren halbherzigen Besuchen ab. Bis auf den Arzt. Der gab auf und blieb samt seiner Spritzen weg.

Ich lag weiterhin im Bett und bereute die von mir zurückgewiesene Aufmerksamkeit im südlichen Lande. Ich las selten viel und wenig Interessantes. Bis die Meldung in der Zeitung stand.

Ein aggressiver Bakterienstamm war mit Gemüse in den Süden Deutschlands eingereist. Hotels hatten schließen müssen und eine Heilanstalt wurde unter Quarantäne gestellt. Den Herd des Ausbruchs fand man dort in deren Küche. Neun Hilfsbedürftige erbrachen die gefüllte Paprika. Nur drei der ältesten Patienten verließ das Glück. Einen von ihnen kannte ich vom Mittagstisch.

Am selben Abend erschien unverhofft mein Arzt und strahlte mich erleichtert an. Er habe einen OP-Termin für mich ergattert, der alle Ungereimtheiten meines Körpers offenlegen werde. Er selbst war damit aus der Sache raus und konnte sein Glück nur schlecht verbergen.

Der Termin fiel auf meinen Geburtstag. Und ich interpretierte die Nachricht als Geschenk.

Kurz vor der Operation schaute eine alte Freundin bei mir vorbei. Sie kam direkt von einer langen Reise. Sie habe dort endlich ihr Glück gefunden, meinte sie, und bestand darauf, mir etwas davon abzugeben.

Das Wellness, betonte sie (mir hingegen sträubten sich die Nackenhaare), wäre so wahrhaftig gewesen. Und sie zückte aus ihrer Tasche ein Mitbringsel vom fremden Kontinent.

Das weiße Porzellan lag lebendig glänzend, den Tod verspottend auf ihrer schmalen Hand. Der Dicke starrte mich an. Auf seiner blank polierten Glatze wuchs immer noch kein Haar.

Maskenhaft verzerrte sich sein Mund zum Grinsen.

Samt Kette und Beutel wurde sein Leib auf meinen Nacht-tisch gewuchtet.

Betäubt von der Nähe dieser Hässlichkeit bat ich kleinlaut, ihn wieder in der Tasche zu versenken. Doch diesmal wurde die falsche Genügsamkeit meinen Worten nicht entnommen. Der Dicke hockte dort und glotzte mich an, lange, nachdem die Komplizin entschwunden war.

Noch in derselben Nacht schlief ich in meinem Bett ruhig, ohne Schmerzen ein. Und wachte in demselben nicht mehr auf.

Seit drei Wochen liege ich nun unter der kühlen, dunklen Erde. Und habe meinen Frieden gefunden. Wenn ich nicht will, muss ich weder sehen, noch hören, was mir aus meiner jetzigen Lage heraus sehr viel Freude bereitet.

Auch mein Rücken tut nicht mehr weh, geschweige denn der Nacken. Wellness für die Ewigkeit und ich bin dankbar bis zu den allerletzten Tagen.

Die höhnisch grinsende Fratze bin ich los. Und bis auf ge-legentlichen Besuch hab ich nun endlich meine Ruhe …

Die alte Freundin kommt.

Ich habe ihr längst vergeben.

Auch wenn ich jetzt weiß, was sie wirklich von mir denkt.

Sie wischt sich Tränen von der Wange.

Ich fand zu spät zu meinem Glück, sagt sie, *um dir davon abzuge-ben.* Und öffnet ihre Tasche.

Von meinem Winkel aus, durch die Geranienblüten, sehe ich zuerst nur weißes Rund. Dann den fetten Leib am langen Arm der Freundin. Und sie setzt den fleischig alterslosen Mann mit zitternder Hand auf meine Erde.

Das Glück nimmt Platz auf meinem Grab.

Und starrt mich höhnisch grinsend an.

Der Fall

„**W**ie lange machst du noch?", fragte sie mich.

Ich sah sie nur an und zuckte mit den Schultern.

„Ich fahre jetzt runter und steche aus", sagte sie.

Diesmal zuckte ich nicht.

„Mein erster Tag", setzte sie nach. „Kam mir vor wie zwei. Wie hältst du das nur aus?"

Ich antwortete ihr, ich wüsste es nicht und drehte ihr den Rücken zu, wandte mich ab von ihr und der Panoramascheibe im fünfzigsten Stock. Dabei wusste ich es ganz genau. Ich wusste es seit 6 Jahren, 6 Tagen und der 6. Überstunde.

Mein Schädel kurz vorm Platzen.

Ich drehte mich wieder zur Scheibe. Die meisten wagen es nicht, hinunterzusehen, die wenigsten zeigen es offen. Wenn ich sie dann wieder hinunterbegleite, stehen sie steif, als könnte die geringste Bewegung ihr Leben aus dem Gleichgewicht bringen.

Und doch wenden sie sich nicht ab.

Sie könnten es. Schließlich sind nicht alle Seiten aus Glas. Aber lieber sehen sie hindurch. Auch durch mich.

Ich sah hinaus, in die Dunkelheit, die glitzernden Lichter der Stadt zu meinen Füßen. Der Druck auf meine Ohren war ungeheuer stark, wie an jedem Abend. Und doch war ich lieber über ihr, über der Stadt. Zweihundertzwanzig Meter über dem Moloch. Umgeben von Stahl und Glas, gesichert durch Aluminium und Beton.

Ich gab mich damit zufrieden. Wie mit dem Wechsel der Jahreszeiten, des Wetters, dem Wandel von Tag und Nacht. Ein Quadratmeter reichte mir. Um sie alle zu bezwingen. Die zweitausendeinhundert Arbeitsplätze, fünfundsechzig Obergeschosse, fünfundvierzig Büroetagen, gebaut auf einhundert-elf Großbohrpfählen, achtundvierzig Meter ins Erdreich gerammt. Alles zusammen zweihunderttausend Tonnen schwer. Davon achtzehntausendachthundert Tonnen Stahl. Zweimal der Eiffelturm Paris.

Mein Leben begann hier.

Morgens, wenn ich mir die grafitgrauen Strümpfe überzog, den dunkelblauen Rock glatt strich, die rote Schleife am Hals strammzog. Warum hätte ich das der Neuen sagen sollen? Den ganzen Tag hatten wir das Leben der anderen überholt, stumm darauf hinab gesehen. Mir war egal, was sie von mir dachte. Sie war mir ebenso herzlich egal wie die anderen. Immer neu in Schichten aufgeteilt, eingeteilt, belanglose Überschneidungen.

Es war Abend. Ein Winterabend.

Bereits um fünf war die Sonne untergegangen. Jetzt war es kurz vor sieben. Die Neue hatte mich ohne ein weiteres Wort stehen lassen. Gut so. Die anderen hatten länger gebraucht. Hatten mich bedrängt, für unnötige Geburtstage gesammelt, lästige Rezepte ausgetauscht, versucht, mir nach der Arbeit schalen Kaffee aus Plastikbechern einzuflößen. Mir waren die Menschen unten lieber. Vor dem Glas, auf dem Asphalt. Vor allem abends blieben sie vor der verglasten Fassade stehen, blickten daran hoch, zeigten mit ihren Fingern hinauf.

Auch auf mich.

Ich sah auf die geschlossene Stahltür der anderen Seite. Darüber die Leuchttafel, Zahlen blinkten. Dann EG. Endstation. Ich löste mich von der Scheibe und stieg in meine Kabine. Die letzte Fahrt. Endlich allein.

Ich sah auf das Innentableau, ohne es wahrzunehmen.

Fünfzig belanglose Tasten.

Dahinter Inspektionssteuerung. Über mir der Kabinenlüfter. Auf Höhe meiner Knöchel Lichtgitter. Über meinem Kopf Notlicht. Seitlich verborgen: das Türsteuergerät. Dicht am Bedienfeld das löchrig gestanzte Blech des Notrufsprechers. Fünfzig belanglose Tasten. Blind drückte ich die Unterste.

Der geteilte Stahl glitt lautlos zusammen.

Der Aufzug ist das sicherste Massentransportmittel. Laut Statistik fährt jeder Mensch in zweiundsiebzig Stunden einmal Aufzug. Meine Fahrt ist kurz. Sechs Meter pro Sekunde. Trotz der Außenscheiben, dem Leben, das breit gefächert vor einem vorbei gleitet, wird das eigene Leben auf ein Minimum reduziert. Menschen haben Angst, wenn auf engstem Raum die Flucht unmöglich ist, wenn die Wände so eng stehen, wie sonst nur die vertrautesten Menschen. Sie fürchten sich, Fremden so nah zu sein. Sie spüren das Grauen, so hoch hinauszufahren, den Schauder, so schnell an Höhe zu verlieren. Die Angst vorm Ersticken fand ich dagegen immer unbegründet. Nichts arbeitet hier unermüdlicher als die Entlüftungsanlage. Aber tatsächlich. Mindestens einmal im Monat bleibt eine von uns stecken. Das sind die wenigen, kostbaren Minuten, in denen ich aller Aufmerksamkeit gewiss sein kann.

Ich fahre. Auf dem Bedienfeld vor mir leuchtet ein zweites Lämpchen auf. Der zweiundvierzigste Stock. Extrahalt.

Nur noch sechzig Sekunden bis zum Feierabend.

Einige, die hier arbeiten, sind wie das Gebäude. Ökonomische Individualisten mit dem Streben nach Perfektion. Sie nehmen aus sportlichen Gründen die Treppen selbst zu den obersten Geschossen, heucheln Gesundheit, verfallen dem Streben nach Vollendung von etwas, das sich nicht weiter verbessern lässt.

Dann gibt es die anderen. Sie suhlen sich in der Enge, ziehen fremdes Parfüm wie Opium in ihre Lungen, reiben sich an anderer Körperfülle.

Wo sonst kann ein Lakai vor einem Oberen kurzerhand soviel Speichel lecken?

Einer von ihnen musste sich verlaufen haben. Tatsächliche Überstunden fand man nur in den unteren Geschossen. Vielleicht wollte er nicht zu seiner Frau nach Hause, lieber zu einem der Flittchen in den unteren Etagen. Über zweitausend Arbeitsplätze. So wie sie mich nicht sehen, glauben sie, sehe ich nicht. Aber einen Puff kann man auch ohne Fachwissen erkennen.

Gedämpftes Glockengeläut vom Abendgottesdienst drang am Turm herauf. Sieben Uhr. Feierabend.

Ich sah auf den Platz und die Straße des Kaisers. Rotlicht, Hauptbahnhof, Bankenviertel, der Turm trotzig vor ihrer Nase. Das Lämpchen auf der Schalttafel erlosch. Sanft bremste der Aufzug ab. Die Türen glitten auf.

Ich hob den Blick.

In einem Aufzug zu fahren ist für den Menschen etwas Unnatürliches. Die Geschwindigkeit nach oben und unten, statt nach vorn oder hinten. Meist auch noch blind. Den Blick auf das Territorium verloren. Das Fahren selbst nur durch dezentes Vibrieren des Bodens vermittelt, dem Druck in den Ohren, dem Kribbeln im Bauch. Jedem ist durch sein kurzes Zögern das Wissen darum anzumerken, bevor er die Schwelle überschreitet.

Diesem jedoch nicht. Meinem letzten Gast an diesem Abend. Drei Aufzüge auf drei verschiedenen Ebenen. Kleinere in den anderen Etagen. Aber er hatte meinen gewählt. Er stieg ein und sah mich an. Das machen die wenigsten. Und doch hatte er sich sichtlich bemüht, den anderen zu gleichen. Dezent gemustertes Hemd unter maßgeschneidertem italienischen Stoff. Schuhe vom Inder um die Ecke poliert. Unbeeindruckt lächelnd trotz der Nadeln im Hemdkragen, die nach der Reinigung keiner für ihn entfernt hatte.

Die meisten grüßen mit einer Zahl zwischen eins und fünfzig. Ich erwidere die Begrüßung, indem ich für sie drücke. Gemeinsam schießen wir hinauf oder gleiten hinunter. Ein kurzer geteilter Moment, fast zu intim, aufgelockert durch knappes Aufsagen halb garer Floskeln.

„Ich fahre, wohin es ihnen gefällt", sagte er und schenkte mir ein blank poliertes Lächeln.

Seine rote Krawatte stach mir in die Augen, übertroffen vom roten Einstecktuch. Nichts, das man hier sonst zu sehen bekam. Auch nicht in sechs Jahren.

„Witzig", sagte ich, „sie sind der Erste, dem das einfällt."

Ich war nicht mehr im Dienst, diente nicht mehr, zwang mich wegen eines Fremden schon gar nicht zur Höflichkeit.

Meine Uniform war nur noch Maskerade. In wenigen Sekunden wäre ich der Welt, dem Leben entrückt, würde, eingehüllt in meinen Mantel, ungesehen nach Hause marschieren, wäre nicht mehr hier, das Gefühl verloren, ich könnte diese brennende Lunte zu meinen Füßen austreten, diese mickrigen Herzen zerquetschen, die geschwollenen Mäuler zum Schweigen bringen, die nichts anderes tun, als auf alles und jeden zu spucken. Die nörgelnden Kinder, keifende Hunde, Männer, die unter fremde Röcke sehen, Frauen, die es ihnen heimzahlten, indem sie Balg und Köter bei ihnen ließen. Alle gleich, wie die Knöpfe vor mir, wie meine Uniform.

Aber hier hatte ich alles unter Kontrolle. Meine Welt, bestehend aus Aufpralldämpfer, Puffer, Federn. Das Außentableau, ein Plan in meinem Kopf, Digitalanzeigen meine Orientierung, Fahrtrichtungsgong für die geschädigten Ohren, Führungsschienen, um auf dem Weg zu bleiben, Grenzschalter, um die Kompetenz nicht zu überschreiten, Maschinenraumsprechstelle hilfreich unpersönlich, Positionssensor damit andere nicht die Kontrolle über mich verloren, Schachtbeleuchtung, Schleppkabel, Sprachansage.

Nur ein roter Knopf. Für uns alle verboten. Der hatte mich noch nie gereizt. Keiner wusste, für was er wirklich gut war. Sicherheit hieß es, doch längst war er als Schleudersitz verspottet.

„Sie sehen müde aus", sagte der Alte.

Er stand noch immer auf der Schwelle, die Tür noch offen. Ich hatte ihn ganz vergessen.

Jetzt stellte ich fest, dass ich mich vom silbergrauen Haar hatte täuschen lassen. Er war älter als ich. Aber viel lebendiger.

„Der Tag war lang", entgegnete ich.

Wie der Turm, erwache ich morgens um fünf zum Leben, mit den Putzfrauen und den Männern der Pressestelle, die einfallen wie zwei Ameisenlager, jeder seinen eigenen Krieg kämpfend, um die Auszeichnung von denen in den obersten drei Stockwerken zu erhalten, die täglich mit neuen Spielregeln regieren.

Ich mittendrin. Teil der Strategie.

„Sie sollten ihre Pausen nutzen", sagte er. „Durch die Gärten wandeln. Neun hat man diesem Wolkenkratzer[14] eingepflanzt. Verpflanzte Natur."

Er ging auf mich zu, überschritt die Schwelle.

Der holzige Geruch eines teuren Parfüms schlug mir entgegen.

„Da fragt man sich doch", sagte er und reckte mir seine Nasenspitze entgegen, „wie natürlich die Pflänzchen darin wohl noch sein mögen. Eingesperrt hinter Glas. Wind, Vögel, Wasser, alles vor Augen und doch dringt nichts zu ihnen durch."

Der Stahl glitt hinter ihm zu.

Ich tat einen Schritt zur Seite.

„Ich mache keine Pause mehr", entgegnete ich. „Es ist längst Feierabend."

Er lächelte.

Ich dachte an die Gärten. Jeder von ihnen verkörpert eine unterschiedliche Flora. Halbwüste, Hochgebirge, Regenwald. Auch dort sind die Wände aus Glas.

Ich lächelte zurück.

Selten hatte es sich so falsch angefühlt.

„Haben sie sie überhaupt schon einmal gesehen?", fragte er mich.

„Ja", sagte ich.

Und erinnerte mich an das eine Mal vor sechs Jahren.

Ich hatte die Toilette gesucht. Als ich sie gefunden hatte, musste ich feststellen, dass es absichtlich kein warmes Wasser zum Händewaschen gab. Und ich erfuhr, dass die Verteilung der Poststücke im Gebäude von einer automatischen Aktenförderanlage erledigt wird, um die Anzahl der Aufzugsfahrten zu reduzieren. Wie gesagt, ökonomische Individualisten mit dem Streben nach Perfektion.

„Gefällt ihnen die Aussicht?", fragte er und stellte sich dicht ans Glas.

„Die beiden Außenaufzüge sind sehr begehrt", sagte ich.

Es war ein Glücksspiel, während des Tages einen davon zu erwischen. Sie waren alle scharf darauf. Erst gestern war mir darin einer samt Laptoptasche umgekippt.

„Saugen sie sie gut in sich auf", sagte der Grauhaarige. „Am Ende bleibt einem nichts als die Erinnerung, wenn die Knochen alt und mürbe werden."

Er drehte sich wieder zu mir und zog sich die pechschwarzen Sakkoärmel gerade.

„Aber bis dahin haben sie noch *Zeit*. Obwohl", er sah auf und schmunzelte, „ich erkenne den Leichtsinn der Jugend. Das Leben ist ein Auf und Ab, nicht wahr?"

Wie er das Wort *Zeit* betonte.

Ein unangenehmes Gefühl, Gänsehaut.

„Was wollen sie von mir?", fragte ich und zog meine Hand vom Bedienfeld.

So bald würden wir wohl nirgends hinfahren.

„Die Geschäftsführung hatte ein Einsehen", sagte er.

In diesem Moment war ich mir dem dünnen Boden unter meinen Füßen mehr als bewusst, dem Schacht, der Luft, den zweihundertzwanzig Metern ohne Hindernis.

„Mit mir?"

Er zuckte bloß mit den Schultern.

Eine Ahnung, geweckter Instinkt, plötzliche Gewissheit.

„Sie schicken sie, um mich zu entlassen, richtig?"

Er musterte mich von unten bis oben.

Meine Strumpfhose hatte an den Knöcheln Fältchen geschlagen, der Rockbund rutschte, das Etikett meiner Bluse war vom vielen Waschen ganz steif und kratzte über meinen Rücken.

„Ihr Vertrag ist tatsächlich ausgelaufen. Wussten sie das nicht?"

Ich schwieg.

„Also", sagte er und bleckte die Zähne, „hinauf oder hinunter?"

Ich stand neben dem Bedienfeld, steif, die Hände vor den Hüften gefaltet, den Rücken durchgestreckt, Füße nebeneinander. Die perfekte Begleitung. Das Lächeln längst Maskerade, ließ sich nicht mehr löschen.

„Es tut mir leid", sagte ich, „dass ich meinen Humor verloren habe. Der Tag war lang. Wo möchten sie also aussteigen?"

„Sind sie das nicht alle?", erwiderte er. „Die Tage, gleichlang, sie verstehen?"

Ich lächelte noch immer.

Er grinste zurück.

Dann kratzte er sich hinter dem Ohr und scharrte mit einem Fuß auf dem Boden wie ein kleiner Junge, der seine schelmische Freude nur schlecht verbergen kann.

„*Zeit*", sagte er und zog das Wort in die Länge, „ist doch das Einzige, das uns noch überraschen kann, nicht wahr?"

Ich wusste nicht, was ich entgegnen sollte.

„Keiner weiß, wie viel ihm gegeben ist", fuhr er fort. „Und trotzdem verschwenden wir sie, als hätten wir reichlich davon, quälen uns durch die Stunden, Tage, Jahre. Und dann – *PENG!*"

Er klatschte in die Hände.

Ich zuckte zurück.

„Also", sagte er, „hoch oder runter?"

„Die Pförtner werden gleich ihre Schließrunde beginnen", sagte ich und straffte meine Schultern. „Wir müssen beide hinunter."

Er lachte laut. Sehr laut.

Der Schall brach sich an Metall und Glas.

Zusätzliche Qual für meine Ohren.

„Ich befürchte", entgegnete er, „ich muss sogar noch weiter. Verpflichtungen, sie verstehen?"

Wieder dieser abschätzend wissende Blick.

„Nein, vermutlich nicht", sagte er und zeigte mir wieder die Zähne. „Oder wartet jemand auf sie?"

Die Frage traf mich wie ein Schlag ins Gesicht.

„Nein", spuckte ich ihm entgegen.

„Dachte ich mir", sagte er und drehte sich wieder zum Leben. Die Lichter der Stadt funkelten wie ein überladener Sternenhimmel.

Die Stahlseile über und unter mir. Sie tragen die Kabine und am anderen Ende ein Gegengewicht. Sie werden geführt, über eine angetriebene Rolle, die Treibscheibe. Durch die Reibung werden die Seile gehalten und bewegt. Die Sicherheit, eindrucksvoll vorgeführt im neunzehnten Jahrhundert, als sich der Erfinder in seinen eigenen Aufzug begab und von seinem Assistenten das Tragseil durchschneiden ließ. Der Aufzug bremste von selbst. Von da an wurde immer weiter in die Höhe gebaut. Die Wertigkeit der Ebenen kehrte sich um. Ich hatte mir nie Gedanken darüber gemacht, was passiert, wenn meine Seile nicht mehr halten würden.

Der rote Knopf. Ich sah, wie sich ein Finger darauf zubewegte. Ich dachte, auch das Leben hängt letztlich nur an einem Faden. Vor mir das verzerrte Gesicht des Alten. Die Krawatte leuchtend rot. Vom fünfzigsten Stock in dreiunddreißig Sekunden zweihundertzwanzig Meter tief. Schwindelgefühl.

Tatsächlich verbleibt die Geschwindigkeit außerhalb der Kabine. Nur Beschleunigung und Bremsen lassen den Magen hüpfen. Der Finger auf dem Knopf. Rotes Leuchten. Gespiegelt im roten Einstecktuch. Mein Gesicht in seinen Augen.

Der Blick auf das Territorium verloren, nur das Vibrieren des Bodens, Druck in den Ohren, Kribbeln im Bauch, Angst.

Die Flucht unmöglich, die Wände so eng, Furcht.

Ich falle, spüre das Grauen, den Schauder, so schnell an Höhe zu verlieren.

Ich glaube, zu ersticken.

Nur noch mein Herzschlag.

Schlag um Schlag.

Aufprall.

Die Verwechslung

Es war eine heiße Sommernacht. Mein erster Urlaub auf Mallorca. Die Insel würde nie *mein Malle* werden.

Es war heiß, unerträglich schwül, selbst um 23 Uhr.

Genauer 23:13 Uhr.

Da bin ich genau. Da leg ich wert drauf.

Sonst ist an mir alles Durchschnitt: durchschnittliche Straßenköter blonde Haare, durchschnittliche blaue Augen, durchschnittliche Kleidergröße 38.

Selbst in meinen Schuhen.

Aber eines unterscheidet mich von allen anderen:

Ich kann das Böse erkennen, wenn ich ihm in die Augen schaue.

Nicht einem Winkeladvokaten oder Straßenbahnrempler. Ich meine das richtig Böse, das in seiner reinsten Form. Satan eben. Oder einem seiner Jünger.

Ich hatte mich von meiner Reisegruppe abgesetzt, weil ich das übertrieben Heitere, Geile und Coole nicht mehr ertragen konnte. Auch hier alles Durchschnitt. Selbst das hundertprozentig Böse fehlte.

Ich setzte mich auf die Mauer der Ferienanlage, weit genug entfernt von aller aufgesetzter Heiterkeit.

Allein im Dunkeln und in Abgeschiedenheit kann ich mich an meiner Durchschnittlichkeit ergötzen. Und als ich mich gerade selig in das Vakuum meiner eigenen Gedanken fallen ließ, fernab aller menschlichen Ausdünstungen, einschließlich unnötig verbalem Luftausstoß wie *Trinktrinktrink*! oder *Oléoléolé*!, setzte er sich neben mich.

„Na, so alleine hier?", fragte er.

Die noch immer aufgeheizten Steine der Mauer schienen mir

mit einem Mal sehr heiß.

„Den Spruch kenne ich schon", erwiderte ich, sah ihm in die Augen und wusste Bescheid.

Das Böse war plötzlich in meine Welt eingefallen, bereit Chaos und Zerstörung zu säen.

Ein Monstrum im ursprünglichsten Sinn mit losgelöstem starren Blick aus leuchtend hellblauen Augen. Und einem selbstgenügsamen Lächeln auf den Lippen.

Ich könnte jetzt weit ausholen, um das Böse zu definieren, wobei uns das erste Problem schon bei der Frage nach seinem Geschlecht begegnen würde. Und ich könnte ihnen eine systematische Verbindung zwischen meinen Erfahrungen und der daraus resultierenden Theorie darlegen. Aber nicht an dieser Stelle. Nur soviel: Satan und Statistik liegen nicht so weit auseinander, wie sie vielleicht dachten.

„Warum so unhöflich?", fragte er mich und strich sich das schwarz glänzende, gescheitelte Haar aus der Stirn. „Ich will ihnen doch nichts verkaufen."

Seine gefälligen Lippen verzogen sich zu einem verschmitzt lakonischen Lächeln à la George Clooney.

Ich muss zugeben, das Böse ist fast immer männlich. Ich denke da an Dracula, Hannibal Lecter, Sauron oder Lord Voldemord. Aber auch an die Statistik. In einer gewissen Zeitspanne wurden in Deutschland 453 Einzeltötungsdelikte von Serienmördern verübt. Davon 54 Männer und 7 Frauen. Mehr muss ich dazu nicht sagen.

Wenn Frauen töten, dann als Allerletztes. Sie verlieben sich lieber in diesen Typ Monster. Richtig, in das Böse. Mehr muss ich auch dazu nicht sagen.

Mein dunkler Freund auf dieser Mauer in Mallorca war allerdings einen halben Kopf kleiner als ich. Und sein schwarz glänzendes Haar lichtete sich bereits am Hinterkopf.

Also, von Verlieben meinerseits keine Spur.

„Für ein Lächeln aus diesen blauen Augen würde ich morden", hauchte er und rutschte an mich heran.

„Sicher", sagte ich, „sie sind ein richtiger Killer, stimmt´s? Aber verraten sie mir mal, wie man aus Augen lächeln kann."

Ich rutschte weg. Er rutschte hinterher.

„Sie haben Witz", hauchte er, „das gefällt mir."

Sein Mundgeruch war *atemberaubend.*

Übrigens: Eines der wahrscheinlich bekanntesten Monster des späten 20. Jahrhunderts ist vermutlich Darth Vader. Der hatte auch Atemprobleme.

„Wir können uns das restliche Geplänkel sparen", sagte ich. „Ich lass sie nicht ran. Kein Blut, kein Fleisch, kein Abendessen für sie. Schwirren sie ab, oder versinken sie im Boden. Wie es ihnen beliebt."

Er zuckte verdutzt zurück, als hätte ich ihm ins Gesicht geschlagen.

„Sie halten mich für böse?", fragte er mit dem unschuldigen Blick eines Wolfs im Schafpelz.

„Sie sind *das* Böse", sagte ich und sah demonstrativ in die andere Richtung.

„Aber was ist das eigentlich, *das* Böse?", fragte er.

Und damit hatte er mich.

Die begabtesten Denker des Abendlandes hatten noch keine allgemeingültige Antwort darauf gefunden. Nur soviel: Die Verkörperung des Bösen zeichnet sich dadurch aus, dass sie anderen aus reiner Selbstsucht Schaden zufügt. Bei vollem Bewusstsein. Was nach allgemeingültigen moralischen Wertmaßstäben als verwerflich und verachtenswert gilt.

Ich sah dem kleinen Dunklen neben mir in die Augen und tippte auf Größenwahn, Sextrieb und Langeweile.

„Haben sie eine Seele?", fragte ich ihn, „oder sind sie eins dieser leeren Gefäße, unfähig die eigenen schandhaften Taten zu reflektieren?"

„Wie bitte? Natürlich habe ich eine Seele!"

„Dann ist sie schwarz", sagte ich.

„Und gleichwohl faszinierend", entgegnete er und zeigte mir seine blendend weißen Zähne.

Natürlich stachen zwei Eckzähne hervor. Ich stöhnte auf. Im Schnitt ist die Chance sehr groß, einem Beißer zu begegnen.

„Ich bin fasziniert von ihrer Unverfrorenheit", sagte ich und musterte ihn. „Vielleicht noch von ihrem ausgefallenen Geschmack. Aber sonst ..."

Tatsächlich saß sein mitternachtsblauer Anzug mit weißen Nadelstreifen wie angegossen. Dazu knallrote Krawatte und Einstecktuch, weiße Socken.

Er lächelte und sah an sich herunter. Ich bin sogar der Meinung, seine blassen Wangen röteten sich, soweit ich das in der Dunkelheit ausmachen konnte.

„Höchste Qualität", sagte er und strich sich zärtlich über den Anzugkragen, „Passgenauigkeit und bester Stoff. Selbst beim Maßhemd. Neben dem einzigartigen Innenfutter lege ich äußerst viel Wert auf den Anzugstoff. Aus Erfahrung verwende ich viel Zeit auf die Auswahl. Unwissenheit würde sich im Tragen widerspiegeln."

Sauber, dachte ich. Ich bekam den schwulen Dracula ab, das Dorian-Gray-Groupie.

Er fing meinen Blick auf und schnalzte mit der Zunge.

„Ich bin nicht homosexuell", sagte er und es klang wie *Schau-mir-in-die-Augen-Kleines*. „Ich bin bloß flexibel." Er lächelte mich an und fuhr sich mit einer knallroten Zunge über blasse Lippen. „Ich glaube, sie verwechseln mich", sagte er.

„Mit einem Gestaltwandler und Blutsauger?", fragte ich und hob eine Braue.

„Nein", entgegnete er, „mit einem realen Serienmörder, dessen Taten und Erscheinung sich im Laufe der Jahrzehnte nur zu solch einer übernatürlichen Wesenheit verdichtet haben."

Wir verfielen in Schweigen.

Ich sah zu ihm, gerade als das Licht des Leuchtturms sein fahles Gesicht streifte und ein gruppendynamisches Trinkspiel am Strand lautstark auf seinen nackten Höhepunkt zusteuerte.

„Sie denken an Flucht?", fragte er.

„Scheint mir illusorisch", erwiderte ich und sah hinauf in den von Sternen durchzogenen Himmel. „Denke eher über die Verwechslung nach. Vielleicht verwechseln sie ja mich."

Er lachte laut und herzhaft. Wieder blitzten seine strahlend weißen Eckzähne. Länger als zuvor. Hatte ich ihn etwa mit meinem Intellekt erregt? Mir schauderte.

Er tippte sich an seine schmale, markante Nase und sagte: „Sie riechen nach meiner Lieblingssorte: Null Rhesus negativ."

Natürlich, dachte ich, *eine Verwechslung*!

Ich trug selbstverständlich die durchschnittliche Blutgruppe der deutschen Bevölkerung mit mir rum. Um genau zu sein, gingen 35 Prozent meiner Mitmenschen mit Null Rhesus *positiv* konform.

„Sie irren sich", sagte ich und bemühte mich um ein selbstgefälliges Lächeln. „Sie verwechseln da das kleine mathematische Zeichen an der Null. Meine Null finden sie an jeder Ecke. Stürzen sie sich lieber da unten ins Getümmel. Da erzielen sie bei minimalstem Aufwand maximale Ergebnisse", und zeigte zum Strand.

Er kicherte wie eines dieser Critters-Kuschelmonster.

„Nein, sie irren sich", sagte er. „Sie bestehen aus der äußerst seltenen Null Rhesus *negativ*. Wie nur ungefähr sechs Prozent andere, die als Universalspender in der Transfusionsmedizin infrage kommen. Da hat man wohl bei ihrer Geburt das Minus mit dem Plus verwechselt. Sie scheinen mir nicht der Typ für Blutspenden, sonst wüssten sie es."

Ich sah ihn eindringlich an. Meine Gedanken rasten.

Normalerweise war an der Stelle die Sache gelaufen und ich in Sicherheit. Entweder wegen meines Durchschnitts, weil ich zu viel zerrede oder mein Intellekt das Böse überfordert.

Ich schluckte. Hier sah die Sache ganz anders aus.

Ich lag nicht mehr im Durchschnitt.

144

„Ich genieße diese Unterhaltung", sagte der kleine Dunkle und legte seinen Arm um meine Schultern. „Die beste seit Langem. Macht Appetit auf mehr …"

Er schnüffelte an meinem Hals.

Die beißende Ironie entging mir nicht.

„Wo liegt ihr Motiv?", fragte ich. „Bei sexueller Lust, beim Tötungsakt an sich oder an dem darauf folgenden Verspeisen des Opfers?"

Sie müssen wissen, Selbstständigkeit stellt ein entscheidendes Merkmal eines Monstrums dar, dass das wahre Böse verkörpern will. Das Monstrum definiert sich durch seine unabhängigen Motive, die sich wiederum aus der freien Entscheidung zum Bösen ergeben. Es lebt mit Taten in seine Nächte hinein, von denen moralisch verantwortliche Normalbürger wie ich, nicht zu träumen wagen.

„Ich bevorzuge komplexe Charaktere", sagte er, „überragende Intelligenz gepaart mit Sinn für Höflichkeit, ganz so wie bei mir."

„Sie scheinen mir eher der kaltblütige, reuelose Killer mit einem ausgeprägten Sinn für den Durchschnitt. Mehr bin ich nämlich nicht."

Er drückte mich und zog mein Kinn zu sich. Sein losgelöst starrer Blick traf auf meinen und ich verfiel den leuchtend hellblauen Augen.

Mit anderen Worten: Sein faszinierend düsteres Charisma überwältigte mich.

„Menschen vom Schlage des Mallorca-Grölers trifft man auf jeder Ferieninsel", sagte er, „wohingegen sich nach meiner Lebenserfahrung besonders durchschnittliche Menschen mit Sinn für die Methodik vom Umgang mit quantitativen Informationen an einem Ort wie diesem deutlich rarer machen. Trotz Sonne, Strand und Lebenslust."

Wieder streifte das Licht des Leuchtturms sein Gesicht. Das Blau seiner Augen verblasste.

Ich wehrte mich.

145

„Zusammengewachsene Augenbrauen, Sex-Appeal und Agilität trotz erstem Anzeichen hohen Alters", erwiderte ich und versuchte, ihn von mir zu stoßen. „Ich weiß genau, sie sind nichts weiter als ein durchschnittlicher Vampir!"

„*Tse, tse, tse*", schnalzte er und schüttelte nachsichtig seinen Kopf. „Ein durchschnittlicher Blutsauger hätte längst aufgegeben. Ich hingegen bin ein Tabubrecher. Oder wirke ich etwa langweilig auf sie?"

Er zeigte auf seinen Anzug.

Ich hatte mich, trotz Einsatz meiner Fäuste, keinen Zentimeter aus seiner Umarmung befreien können. Sein Griff blieb hart wie der des Transformers Megatron. Trotz seines fortgeschrittenen Alters und meiner Argumentation.

„Nicht doch, meine Liebe", sagte er und lächelte. „Mein Biss wird sie erhöhen, über den Durchschnitt ihrer Art erheben. Wehren sie sich bitte nicht!"

In diesem Moment wurde mir klar: Ich hatte dem Bösen zulange in die Augen geschaut.

Das war es dann mit meinem ersten Urlaub auf Mallorca. Die Insel konnte nie *mein Malle* werden. Es blieb höllisch heiß, selbst um 23:55 Uhr.

Natürlich nur in den Armen des Bösen.

Da bin ich genau. Da lege ich wert drauf.

Denn vom Meer her kam eine frische Prise auf, samt den chorstarken, heißeren Schreien *Trinktrinktrink*! und *Oléoléolé*!

Ich stellte keine Fragen mehr.

Ich wusste, das Böse würde laut Statistik darauf pochen, dass das Töten in seiner Natur läge und es dafür ebenso wenig moralisch verantwortlich gemacht werden könnte, wie ein Löwe, der eine Antilope reißt.

Er biss zu.

Seine langen Eckzähne drangen in mich ein.

Die Insel verschwand samt Sternenhimmel und Leuchtturm für immer aus meinem Blick.

Und es fiel mir ein, dass es laut Statistik die Antilope ist, die, durchschnittlich gesehen, sich aus Dummheit am Wasserloch von ihrer Herde trennt und dem Löwen auf halbem Weg entgegen rennt.

Danksagung

Diese Seite ist jenen gewidmet, die mit ihrer Unterstützung dieses Buch ermöglicht haben. Aber auch vor allem denen, ohne deren Inspiration das Ganze gar nicht möglich gewesen wäre.

Aus diesem Grund geht mein Dank zuallererst an die Nutzer öffentlicher Verkehrsmittel (aus erster Hand: was euch dort nicht umbringt, macht euch woanders nur stärker), an die Einzelkämpfer im Büroalltag (ich weiß jetzt, der Wahnsinn hat viele Gesichter), stolze (Stadtteil-) Hanauer, begeisterte Märchensammler, Verlassene, Alleingelassene und ungewollt Alleinstehende (denen trotz allem kein vernichtendes Argument gegen verklärte Romantik einfallen will).

Und selbstverständlich allen anderen Tagträumern, die kurz

vorm Abgrund aufwachen und erkennen:
Die Hoffnung stirbt tatsächlich nie!

Ein besonderer Dank nicht zuletzt an die Besten:
An meine Mutter, Berndt Schulz, Carmen Jobst (und alle verwandten Seelen, die sich bei ihr treffen) und natürlich an meine Kolleginnen und Kollegen der Hanauer Schreibwerkstatt 2012/2013.

Über die Autorin

S.A.M. Wolf, Jahrgang 1974, hat schon immer gerne geschrieben. Seit ihrer Kindheit, die sie in einem Stadtteil von Hanau am Main verbracht hat und in dem sie mit dem Grimmschen Märchenschatz aufgewachsen ist.

Auch als Erwachsene ist sie dem Städtchen treu geblieben.

Ob in ihren kurzen Geschichten, dem großen Mysteryroman oder dem humorvollen Regionalkrimi, in ihrer Sprache als Autorin finden sich nicht nur die kleinen Dinge des Alltags, oder die großen Mysterien des Zwischenmenschlichen, sondern immer auch das Märchenhafte.

Wenn sie nicht schreibt, hegt S.A.M. Wolf eine Vorliebe für Räucherungen, Vollmondnächte und Gänsehaut-Blues; ist passionierte Malerin, leidenschaftliche Cineastin und verliebt in ihre Yogamatte.

Nach vier Jahren Kreativ-Work-out und Neuorientierung, in der sie noch mehr schrieb, erste Lesungen gab und mit Gleichgesinnten das Fluchen lernte, war die Zeit reif für die vorliegende Sammlung von Erzählungen über Leben, Tod – und die Welt dazwischen.

Mehr unter: www.sam-wolf.de

Endnoten

1 E. M. Forster, *Zimmer mit Aussicht*, Roman, 1908

2 Bertolt Brecht, *Die Dreigroschenoper*, Theaterstück, 1928

3 Anno 1709 entdeckten zwei Kräuterfrauen eine Quelle in der *Wachenbucher Terminey*, einem Wald nahe der Stadt Hanau am Main; 1779 erhielt der *Gute Brunnen* über dieser Quelle den Namen seines Erbauers: *Wilhelmsbad*

4 Jacob Grimm (1785–1863) und
Wilhelm Grimm (1786–1859)

5 Oscar Wilde, *Das Bildnis des Dorian Gray*, Roman, 1891

6 Inspiriert von dem Wappen der Stadt Hanau am Main; die heute gültige Form geht auf einen Vorschlag des Heraldikers Adolf Matthias Hildebrandt aus dem Jahr 1905 zurück.

7 Inspiriert von dem Gemälde *Die weiße Frau*, Gabriel von Max, um 1900

8 Gotisch für *Engel*

9 Latein für *Engel*

10 Sprachwissenschaftler, Volkskundler und Märchensammler Brüder Grimm (siehe Punkt 4)

11 Edgar Allan Poe, *Der Rabe*, erzählendes Gedicht, 1845

12 Wilhelmsbad, ehemalige Kuranlage in Hanau: Nach dem Tod seines 11-jährigen Lieblingssohnes Prinz Friedrich entwarf Wilhelm 1784 eine Grabpyramide und ließ sie auf einer Insel im Weiher unweit der Burgruine errichten. Über jedem der vier mit eisernen Gittertüren verschlossenen Eingänge ist zu lesen: *Memoriae Friederici Sacrum* (dem Andenken Friedrichs geweiht). Im Inneren stand der Legende nach eine weiße Urne, die das Herz des jungen Prinzen enthielt.

13 Latein für *versprechen, vorhersagen*

14 Inspiriert von dem Atriumbereich des Commerzbank Towers in der Innenstadt von Frankfurt am Main, der durch neun innenliegende Gärten spiralförmig versetzt gegliedert wird. Jeder dieser Gärten verkörpert eine unterschiedliche Pflanzenwelt.

Die Sehnsucht

„**D**ienstag", sagte der Montag,
„du siehst hervorragend aus!"
„Ja", entgegnete der Dienstag,
„ich hol den Mittwoch endlich auf."
„Aber", sagte der Montag,
„deine Ehre hat doch der Donnerstag verletzt!"
„Schon", erwiderte der Dienstag,
„aber den hat nun der Freitag versetzt."
„Kam der Freitag nicht mit dem Samstag zusammen?"
„Das war bevor sich Samstag und Sonntag verbanden."
Der Montag schwieg.
„Montag", sagte der Dienstag, „was ist mit dir?"
„Ich hab bloß geglaubt, der Sonntag wär für immer mir."
So ging der Montag dahin.
Und sieht noch immer sehnsüchtig zum Sonntag hin.